Alex Aabe

OH wie TOT auf IBIZA

Kriminal Roman

Ein Fall für Kriminalhauptkommissar Paul Lincke

münsterverlag

Impressum

2. *Auflage*

Autor: Alex Aabe
Satz: Cedric Gruber
Lektorat: Manfred Klemann, Sibylle Kappel
Druck und Einband: CPI books GmbH, Ulm
Verwendete Schriften: Novel Pro, Helvetica
Papier: Umschlag, 275 g/m² Chromosulfatkarton;
Inhalt, 90 g/m² Werkdruck 1,75-fach

ISBN 978-3-907301-33-3
Printed in Germany

www.muensterverlag.ch
info@muensterverlag.ch

Alex Aabe

OH wie TOT auf IBIZA

Disclaimer:

Die Handlung ist frei erfunden. Etwaige Ähnlichkeiten mit tatsächlichen Begebenheiten oder mit lebenden oder verstorbenen Personen wären rein zufällig. Die Namen der Orte und touristischen Einrichtungen auf Ibiza sind existent; die darin sich abspielenden Geschichten aber der Phantasie des Autors entsprungen.

Der Ermittler

Paul Lincke (44) ist Hauptkommissar beim deutschen Bundeskriminalamt und Leiter der Abteilung „Ausland“. Dort werden die Fälle behandelt, bei denen deutsche Staatsbürger im Ausland zu Schaden gekommen sind.

Paul Lincke ist das Kind von Diplomaten der Bundesrepublik und ist so in verschiedenen Sprachräumen aufgewachsen. Er spricht sechs Sprachen fließend und kann sich in drei weiteren verständigen. Er besitzt die höchste Sicherheitsstufe mit diplomatischem Status, die es erlaubt, dass er immer seine Glock 7 mitführen darf.

Paul Lincke ist seit vier Jahren liiert mit der Pathologin und Ärztin Dr. Erika Laschelt (38). Er hat eine Tochter von seiner ersten Frau, die ihn vor sechs Jahren verlassen hat, zugunsten ihres Yoga-Lehrers.

Direkter Vorgesetzter von Paul Lincke ist Dr. Lothar Hack, der Leiter „International“ des Bundeskriminalamts in Wiesbaden.

In Erinnerung an Silke Mäder-Knobloch

1.

Sonntag vor Pfingsten, 12. Mai 2024

Lächelnde Leichen laden ein zu Lästereien. Das Gesicht von Pascal Rach, mit starren, grauen Augen, aufgenommen von der Guardia Civil von Ibiza, hat etwas Boshaftes. Und Liederliches. Fast mochte man – wenn man das Opferbild ansah – den Täter verstehen, dass er in diesen Kerl mit einer offenbar spitzen, scharfen Klinge zweimal tödlich hineinbohrte. Zwischen den Schulterblättern, sehr gezielt, sehr präzise.

Die Leiche hatte durch die schlanken Einstiche nur wenig Blut verloren, denn das Herz musste unmittelbar aufgehört haben zu schlagen. Gewehrt haben konnte das Opfer sich nicht: Dazu ist alles zu ruhig, zu glatt, auch zu aufgeräumt im Apartment von Rach. Als Rosario Del Monte, die ecuadorianische Putzfrau der Anlage „Paradiso dos" (P2) an der Avenida de Talamanca in der Gemeinde Jesus, auf der spanischen Insel Ibiza, den reichen, armen Pascal Rach findet, scheint er, auf dem Rücken liegend, nur ohnmächtig zu sein. Rosario rüttelt den Körper, sieht dann doch das Rinnsal Blut unter seinem Körper heraussabbern, schreit auf und läuft wimmernd aus der wunderbaren Wohnung mit dem weiten Blick über die Bucht von Talamanca und hinüber zur Burg von Ibiza Stadt. Sie rennt zur Security am Eingangstor von P2 und von dort wird die Guardia

Civil verständigt. Den Zivilgardisten schildert Rosario die Entdeckung des Toten um 14.17 Uhr am Sonntag, dem 12. Mai 2024

Paradiso dos ist eine bewachte „comunidad", also eine der Luxus-Apartmentanlagen auf Ibiza, die 24 Stunden am Tag von Security Leuten bewacht werden, in der 28 Luxus-Apartments mit spektakulärem Blick auf das Meer gebaut sind und in der Bewohner am Berghang von Talamanca leben. Vor allem Fußballstars aus Barcelona und aus Madrid haben sich hier vor Jahren eingekauft. Kein einziger Russe, keine Araber! Darauf sind die Bewohner von „P Dos" stolz.

Nur zwei Apartments gehören Deutschen: Pascal Rach das eine und das andere Robert Kühn, Sohn eines Milliardärs aus Hamburg, mit seiner Model-Ehefrau aus Paraguay und den zwei Model-Kindern. Im Gegensatz zu Pascal Rach, der fast das ganze Jahr hier wohnte, ist Kühn nur in den Sommermonaten Juli und August und manchmal über Pfingsten auf der Insel.

Pascal Rach wohnt nun nicht mehr in P Dos.

Tote wohnen im Himmel. Oder in der Hölle.
Aussuchen können sie es sich selten.

2.
Montag, 13. Mai, frühmorgens in Wiesbaden

Paul Lincke (44), Hauptkommissar beim Bundeskriminalamt (BKA) in Wiesbaden, Deutschland, liebt Rituale. Er steht um 6.15 Uhr auf, geht auf sein Laufband auf dem Balkon, joggt 30 Minuten bei Einstellung 11, erholt sich mit Dehnübungen und geht dann auf sein Power Plate für 10 Minuten, um Muskeln und Sehnen und den recht kräftigen Körper auf den Tag einzustellen. Dann Morgentoilette, kalt und heiß duschen. Bei einer Tasse Nespresso, die violetten Kapseln, und einer Banane schaut er danach am Küchentresen auf sein Handy, um die Push-Meldungen der Nacht zu lesen.

An diesem Montagmorgen, 13. Mai 2024, haben SPIEGEL und BILD und FAZ eine fast gleichlautende Push-Nachricht: „Mord auf Ibiza: Der deutsche Millionär Pascal Rach wurde am Sonntag in seinem Apartment in Ibiza Stadt erstochen aufgefunden. Der Millionär war in einem Aufsehen erregenden Betrugsprozess vor sechs Jahren in Deutschland vom Vorwurf der Millionen-Unterschlagung freigesprochen worden. Seitdem lebt er hauptsächlich auf der spanischen Insel Ibiza. Täter und Motiv sind bislang unbekannt."

„Nicht doch, ich will doch zum Wandern mit Erika an Pfingsten", seufzt Paul zu sich selbst; aber natürlich weiß er sofort, dass daraus jetzt nichts mehr werden wird.

Seine Freundin, mit der er seit drei Jahren liiert ist, arbeitet auch beim BKA, als forensische Pathologin. Sie wird es nicht gerne hören, wenn der Urlaub aufgeschoben werden soll, aber natürlich Verständnis haben.

Anders als seine Ex-Frau Katrin (45), die ihn vor fünf Jahren verließ, als ihre gemeinsame Tochter alt genug war, um selbstständig leben zu können. Der Yogalehrer hatte Katrin Lincke – jetzt wieder Katrin Herbold – mehr als den sterbenden Schwan oder die leuchtende Kerze gezeigt, und so hatte sie Paul an einem Oktoberabend – er war gerade aus Kairo gekommen – mitgeteilt, dass ihre Wege sich trennen würden.

Wie reagiert da ein BKA-Beamter, der die Erlaubnis hat (wie nur zehn andere Beamte im Land), immer und überall seine Glock 7 dabeizuhaben – selbst im Flugzeug, bei Staatsempfängen, und sogar in China? – Immerhin hatte er nicht gewusst, höchstens vermutet, dass die Ehe zu Ende war. Und er war gerne verheiratet; hatte gerne ein Kind; war eigentlich bis zum Ende mit seiner Frau intim und zärtlich gewesen.

Zieht Paul Lincke die Pistole, schreit er herum, weint er? Nein, nichts von alledem; er nimmt es hin „wie ein Mann", wünscht Glück und hat Verständnis und fragt nur „warum?". Als Paul auch noch das Geständnis mit dem Yoga -Lüstling verkraften muss, beschleicht ihn mehr blankes Erstaunen als robustes Entsetzen: Der Yogi kann nicht einmal schweben... Sollte seine Frau auf Aufschneider reinfallen, auf Wichtigtuer, auf Esoteriker? Ist er vielleicht auch so einer, und weiß es nur nicht? Auch Paul ist nicht gefeit gewesen vor den Versuchungen, die ihn gelegentlich bei seinen auch längeren Einsätzen im Ausland erreichten, auch er war nur ein Mann seiner Zeit. Doch nie war er auf den Gedanken gekommen, selbst bei wirklich interessanten intimen Begegnungen, deswegen seine Ehe zu beenden. Konstanz, einen festen Ansprechpartner, ein täglicher Austausch, gemeinsame Schrullen und Macken, dies war seine unverbrüchliche Liebe.

Gerade am Tag, als Katrin und Paul Lincke am Morgen bei Gericht, nach einem Jahr Trennung, ihre Scheidung einvernehmlich besiegelten, musste Paul am Nachmittag einen Leichenbefund in der BKA-Pathologie abholen. Und dort stand die sehr blonde, sehr deutsche Erika, schön wie der Tod, erschien es ihm, und erläuterte überzeugend, dass die Leiche noch leben könnte, wenn man dem Menschen, einem bedeutenden Hamburger Geschäftsmann, nicht ein sehr starkes Herzmittel verabreicht hätte. Und zwar mit einem klitzekleinen Nadelstich am rechten Oberarm. Und es war schon der dritte deutsche Mensch, der auf diese Art und Weise innert vier Wochen verstorben war; und jedes Mal nach einem Urlaub in der Türkei und nachdem er seine Besitztümer einem bestimmten Hilfswerk dort übertragen hatte. Ein Fall für Lincke, den er gelöst hatte, und der ihm eine sehr coole Frau Doktor zur Freundin bescherte.

Als sie beide das erste Mal zusammen Sex hatten, war Paul über die fast wissenschaftlich-pathologische Begutachtung seines erstaunt gewesen; und die Möglichkeiten, die Erika aus ihm schöpfte. Diese Anerkennung für Training, Ausdauer und Gesundheit tut ihm so gut, dass er schlagartig aufsteht, wenn er nur daran denkt. Trotzdem haben sie beide, auch im dritten Jahr ihrer Beziehung, noch nicht den Entschluss gefasst, zusammenzuziehen. Auch seine Hemden und Socken werden von seiner Haushälterin gewaschen.

Paul ruft Erika schon auf dem Weg ins Büro an, um ihr zu sagen, dass Pascal Rach erstochen aufgefunden wurde. Er kann davon ausgehen – und so ist es auch – dass Frau Dr. Erika Laschelt (38) den Namen „Rach“ schon gehört hat. Denn der Freispruch für Pascal Rach vor etwa drei Jahren war auch eine Niederlage des Bundeskriminalamts. Der Fall Pascal Rach hatte die Wirtschaftsabteilung des BKA mehr als fünf Jahre beschäftigt, und jeder war sich sicher, dass der Betrüger für mindestens ein Jahrzehnt hinter Gitter wandern würde. Über 40 Millionen hatte Rach ahnungslosen Anlegern abgegaunert: Er hatte nämlich eine Website betrieben, die es Anlegern ermöglichen sollte, in aufstrebende „Start-ups“ zu investieren. „Beim nächsten Google dabei sein“ war der Werbespruch.

Allein, die vermeintlichen Start-up-Ideen standen nur auf dem Papier. Die sogenannten Gründer und Pascal Rach selbst zockten durch hohe Beratungs-, Provisions- und Lohnzahlungen die angelegten Gelder für sich ab. Über sieben Jahre betrieb Rach die Seite und das BKA fand heraus, dass mehr als 20 Millionen der eingesammelten 40 Millionen zu ihm direkt zurückgeflossen waren. Die vermeintlichen großen Ideen und die dazugehörigen Firmen gingen nach und nach insolvent, aber den Anlegern wurde weiter weisgemacht, dass dies eben Risikokapital sei und irgendwann schon der „große Google-Moment“ kommen würde.

Es hagelte schließlich doch aus ganz Deutschland Anzeigen von Leuten, denen das Modell suspekt war und die oft hunderttausende Euros investiert hatten. Die Wirtschaftsbetrug-Spezialisten beim Kriminalamt fanden schnell die Masche heraus, wie Rach als vermeintlicher Wirtschaftsförderer hauptsächlich sich selbst gefördert hatte, aber mit lautstarken Anwälten und rotzfrecher „Alles nicht ungesetzlich"-Argumentation kam es zu einem spektakulären Freispruch beim Landgericht Mannheim. Das Gericht in Mannheim ist bekannt dafür, dass man auch in eindeutigen Fällen von Vergewaltigung, Totschlag oder Betrug mit guten Anwälten und viel Geld auf einen Freispruch hoffen darf.

Bei so viel Chuzpe hatten im Fall Pascal Rach weder die Staatsanwaltschaft noch das Bundeskriminalamt Lust, in Revision zu gehen. Da aber Rach von Geschädigten weiterhin mit Zivilprozessen überzogen wurde, setzte er sich ab auf Ibiza. Er führte dort ein üppiges Luxusleben. Wie er das finanzierte, blieb allen auf der Insel ein Rätsel. Zwanzig ergaunerte Millionen sind zwar ein schönes Startkapital, aber auf Ibiza ist man damit nach kurzer Zeit ein armer Mann, wenn man nicht neue Geldquellen auftut. Also musste er wohl neues Geld eingesammelt haben. Wie und bei wem auch immer.

Lebe immer so, dass die Maxime deines Handelns auch als allgemeines Gesetz gelten kann. Oder zumindest so ähnlich.

3.
Montag, am Morgen 8.15 Uhr

Paul Lincke geht direkt nach der Ankunft im großen BKA-Gebäude zum Chef der Abteilung „Ausland“, Dr. Lothar Hack. Ein feiner Kerl, ein Jurist wie alle im obersten Abteil des Bundeskriminalamts, immer korrekt gekleidet, jederzeit bereit, den Buddha, den Kanzler oder die Frau Ministerin zu treffen (was aber natürlich maximal dreimal im Jahr vorkommt, wenn Spezielles passiert und die Beziehungen zu einem Land davon betroffen werden. Der tote Rach gehört da noch nicht dazu...).

„Du hast es schon mitbekommen“, sagt Dr. Hack bei Pauls Eintreten. Die beiden Herren sind – die große Ausnahme im beruflichen Kollegenkreis von Dr. Hack – seit der Weihnachtsfeier 2022 per „du“.

„Ja, klar. Unser lieber Betrüger Rach auf Ibiza ermordet, meinst du, ich muss da hin?“

Dr. Hack macht ein Handzeichen, dass Paul sich setzen soll, und bittet seinen Assistenten, Kaffee zu bringen.

„Hmm, ja, du *musst* nicht. Du *darfst*. Und zwar sofort. Die Spanier haben schon angerufen. Sie fürchten, dass der Rach-Mord wie bei den Kessler-Zwillingen 2018 wieder eine touristische Saison kaputtmachen könnte. Und das nach den Pandemiejahren. Damals, 2018, hat Ibiza fast 500 000 deutsche Urlauber und nochmals die gleiche Zahl aus anderen Ländern verloren. Du hast sie vor dem Allerschlimmsten bewahrt, weil du die Sache in nur fünf Wochen geklärt hattest..."

„Naja, nicht ich allein. Roberto Ruiz und die spanischen Kollegen waren da wirklich große Klasse...", wirft Paul ein, fühlt sich aber geschmeichelt von den Worten seines Chefs.

Der Fahrer zum Flughafen, wo ein BKA-Flieger nach Ibiza wartet, steht schon vor der Tür des Chefbüros.

Der Zwillingsmord auf Ibiza

Die Ermordung der Kessler-Buben, Zwillingen aus Göttingen, gerade 18 Jahre alt und auf Abschlussreise nach dem Abitur, hatte 2018 europaweit für Schlagzeilen gesorgt. Beide – die sich im Aussehen völlig glichen – waren mit ihrer Abi-Klasse im Ferienclub Punta Arabi in Es Canar, einem Touristenspot bei Santa Eulària und Heimat des Hippiemarkts, gewesen, und wurden dort, beziehungsweise am Strand des Clubs, regelrecht hingerichtet. Offensichtlich gezielt. Harmlose Abiturienten, nie aufgefallen, völlig brave Bürgersöhne, der Vater Chirurg in Heidelberg, die Mutter Psychologin.

Die Insel, aber auch ganz Deutschland und Europa, standen Kopf. Es hagelte Reisestornierungen für die eben angelaufene Saison; am Ende dieses Jahres kamen statt den üblichen 600 000 deutschen Touristen gerade mal Hunderttausend, und das auch nur, weil Paul und die spanischen Kollegen den Fall so schnell geklärt hatten und wenigstens im August und September wieder Champagner und Kaviar und Partys angesagt waren. Jeder deutsche Urlauber weniger bedeutet für die Insel

2500 € weniger Einnahmen. Allein von Deutschen fehlte also schließlich fast eine Milliarde in der Kasse; dazu die Stornierungen aus ganz Europa, nochmal eine Milliarde... die Inselchefs tobten.

Was war geschehen mit den Kessler-Buben? Eine unglückliche Verkettung von Umständen: Berti, der eine der beiden Zwillinge, war an einem Freitagabend mit anderen Abiturienten nicht im Club Punta Arabi geblieben, sondern ins *Amnesia* – der angesagtesten Disco der Insel zu dieser Zeit – gefahren. Sein Bruder Bart hatte einen Ferienflirt aufgetan, der am nächsten Morgen nach Hause flog, und deshalb wollten die zwei Turteltäubchen die letzte Nacht für sich haben. Morgens um fünf (all das hat Paul Lincke später rekonstruiert) war Berti – etwas angetrunken – auf der Suche nach einer Toilette im Amnesia durch einen Notausgang ins Freie gestolpert und wurde unfreiwilliger Zeuge eines Bandenmordes.

Der Drogenhandel auf Ibiza war zu dieser Zeit (immer noch?) in den Händen von einer libanesisch-palästinensischen Großfamilie und einem Clan aus Libyen. Es kam wohl in den Tagen zuvor zu einem Streit über die Gebietshoheit rund um das Amnesia. Zwei Verhandlungsführer der Clans sollten sich auf dem hinteren Parkplatz des Amnesia, dort, wo auch das Geschäft zwischen den Großhändlern und den Zwischenhändlern sonst ablief, friedlich verhandelnd treffen. So war es telefonisch abgesprochen. Das war allerdings nicht der Plan des einen der beiden Unterhändler, einem Cousin des libyschen Clanchefs. Er erschoss sein Date aus dem Libanon, ehe große Worte gewechselt waren. Alles ganz ruhig, weil mit Schalldämpfer. Aber Berti lief gerade in diesem Moment die Notausstiegstreppe hinunter, sah natürlich, dass da irgendetwas los war, sah einen Mann zusammensinken und sah vor allem direkt in das Gesicht des Täters. Dieser wollte reflexartig auch auf Berti zielen, aber der war sofort verwirrt umgekehrt und wieder in der Disco verschwunden.

Jorge, die Ratte, der Killer des Clans der Libyer, wurde aus Denia mit der Schnellfähre schon am frühen Morgen des gleichen Tages nach Ibiza beordert. Er wurde unverzüglich beauftragt, den Zeugen zu beseitigen. Und Jorge, die Ratte, ließ sich von den Discoleuten, noch bevor die Polizei es tat, die Überwachungsvideos der Kameras im Tatortbereich geben. Der Polizei wurde zunächst erzählt, hinter der Disco gäbe es keine Kameras. Jorge, die Ratte, sah auf den Bildern, wie der Schüler aus dem Ausgang trat, kurz entsetzt die Mordszene registrierte und sofort wieder zurück floh. Und vielleicht könnten Berti und sein Zwillingsbruder noch leben, hätte Berti nicht ausgerechnet an diesem Abend im Amnesia ein T-Shirt vom Club Punta Arabi mit großer Aufschrift „Fast lane, Club Punta Arabi" getragen.

Tja wenn man kein Glück hat, dann kommt das Pech dazu.

Jorge, platzierte sich am Nachmittag in einem Abbruchhaus vor dem Eingang des Clubs Punta Arabi in Es Canar und wartete. Und tatsächlich, schon nach zwei Stunden kam Berti aus dem Punta Arabi und lief Richtung Strand, der 500 Meter entfernt war. Aber es kam nicht ein Berti, es kamen zwei Bertis.... Jorge, die Ratte, konnte wie sein namensgebendes Tier nur eindimensional denken. Wenn da zwei gleich aussehen, und ich einen Zeugen killen muss, ist es besser, wenn ich beide, die gleich aussehen, ausschalte. Er zielte aus 250 Metern Entfernung auf die beiden Kinder, nachdem diese am Strand eine Liege bezogen hatten. Die Schüsse waren wohl platziert, wie man es von einem Sniper, der in der Spezialeinheit der spanischen Fremdenlegion gelernt hat, erwarten muss.

So kam es zu dem Zwillingsmord im späten Mai 2018. Da es deutsche Opfer waren, schickte das BKA Paul Lincke nach Absprache mit den spanischen Kollegen auf die Insel und Paul merkte schnell, dass es für Ibiza bei diesem Fall nicht um verlorene Menschenleben, sondern schlicht um verlorenen Mammon ging. Und dass auf so einer Insel jeder der Einheimischen mit jedem verstrickt war. Tote deutsche Zwillinge waren egal, aber zahlende deutsche Touristen ganz und gar nicht.

Die Politiker auf Ibiza sind alle gleichzeitig Hotel- oder Clubbesitzer, Restaurantinhaber, Landeigentümer, Autovermieter, Bootsverleiher, Partyland- Betreiber, Gewerkschafter. Irgendwo gehören allen Entscheidungsträgern Anteile an irgendetwas. Und der Patron und damalige Regierungschef der Insel hält Anteile an den großen Hotels und an einem der drei Unterhaltungs-Konzerne, welche die Insel dominieren. Zudem besitzt er die größte Bank der Insel, die stolz seinen Namen trägt.

So erregte der Mord an dem Drogenhändler zuvor kein bisschen Aufsehen. Es musste unauffällig bleiben, und das blieb es auch. Die Leiche war schnell abtransportiert und die Policia Nacional, zuständig für Kapitalverbrechen, wusste natürlich, dass es sich hier um eine Abrechnung unter Clans handelte. Wenn sich das Gesindel selbst erledigt, warum eigentlich nicht?

Aber der Mord an zwei Touristen, dann auch noch Zwillingen, dann auch noch Deutsche, zu allem Überfluss jung und genau die touristische Zielgruppe, direkt am Strand, während die Jungs sich sonnten... Da musste der Kopf des Täters auf dem höchsten Berg Europas ausgestellt werden. „Seht her, auf Ibiza gibt es keine Verbrechen an Touristen. Und wenn doch: Dann war es das letzte Mal. Ihr könnt wieder alle kommen, ihr könnt Champagner in den Beachclubs versprühen und eure Mädels auf die Yachten führen. Kommt, kommt, – gebt uns euer schönes Geld, egal, wie ihr die Kohle gemacht habt."

Paul Lincke traf im Café Mar y Sol damals auf den Kollegen Roberto Ruiz, einen soliden, kreativen Beamten aus Galicien, dessen erste Station als Chef einer Polizeieinheit die Policia Nacional de Ibiza ist. Sie ist für Drogen, schweren Raub und Kapitalverbrechen zuständig. Für alles andere gibt's die pfiffigen Kollegen der Guardia Civil.

Roberto lebte schon sechs Jahre auf der Insel; lange genug, um Paul die Strukturen und Machtverhältnisse erklären zu können. Wie immer auf Inseln haben auch hier wenige, alteingesessene Familien das Sagen. Ihnen gehören die Bereiche Bauwesen, Banken, Energie- und Wasserversorgung sowie – auf Ibiza besonders wichtig – Abendunterhaltung und Hotels. Alles war gut aufgeteilt und lief reibungslos. Mit den dunklen Seiten aber – Drogen, Prostitution, Glücksspiel, illegaler Autoverleih etc. – wollten die Inselfamilien weniger zu tun haben. Sie wussten natürlich, dass es dies alles auf Ibiza braucht, aber das sollten dann doch „Fremde“ besorgen.

Es entwickelten sich unter ihren Augen durch die „bösen“ Fremden prächtige Drogen- und Sexgeschäfte mit den Touristen. Die Abnehmer waren in den 60er Jahren die ersten Hippies und Aussteiger aus Zentraleuropa, in den 70er Jahren dann ganze Gruppen von Blumenkindern aus aller Welt, in den 80ern die ersten Pauschalgäste mit Halbpension, in den 90ern die ersten bürgerlichen Ferienhausbesitzer und seit den Jahren des neuen Jahrtausends kommt der Geldadel aus der ganzen Welt.

Millionenteure Yachten lagern im Sommer in den Häfen von Talamanca und Ibiza Stadt; Nachtclubs wie das Lío, das Pacha, Ushuaia, das Paradies, der Golden Club und das Chinois können gar nicht genug Plätze bieten, um von Ende Mai bis Anfang Oktober das Feiervolk zu befriedigen. Und zum Feiern gehören nun mal Kokain, Ecstasy, Captagon, Angel Dust und Rote Sülze. Und das liefern die Herren aus Kolumbien und Rumänien und dem Nahen Osten an. Verteilt wird es von den Clans aus Arabien und Afrika.

All dies erklärte Roberto Ruiz seinem deutschen Kollegen, den er gleich gern mochte, vor allem auch, weil er ihn perfekt verstand. „Ich nenn dich Pablo“, sagte Roberto beim ersten Gespräch und Paul fand das so witzig, dass er in Spanisch sprechenden Ländern künftig sich immer vorstellte mit: „Ich heiße Paul, pero llamame Pablo, por favor.“

Mit Hilfe von Informanten aus dem libanesischen Clan konnte Roberto schnell die Hintergründe des Mordes vor der Disco rausbekommen; und Paul schloss aus der Präzision der

Schüsse auf die Zwillinge, dass es sich um einen erfahrenen Scharfschützen handeln musste, der da am Werk war. Paul kam auf die Idee, die Passagierliste aller am Tag nach dem Parkplatzmord angekommenen Fähren und Flugzeuge abgleichen zu lassen: und siehe da, der polizeibekannte, unehrenhaft aus der spanischen Fremdenlegion entlassene Scharfschütze Jorge Maroquin stand auf der Liste der Gäste des Schiffs aus Denia.

Der Täter war also klar, aber mit größter Wahrscheinlichkeit auch schon nicht mehr auf der Insel, und Beweise, dass er es wirklich war, gab es natürlich keine. Dessen Auftraggeber aus dem libyschen Clan verschanzten sich unschuldig in ihren Anwesen in Santa Gertrudis; aber an Geschäfte mit Drogen war jetzt nicht mehr zu denken. Denn Roberto Ruiz hatte, in Abstimmung mit den Inseloberen, eine Hundertschaft der Nationalpolizisten und auch hundert zusätzliche Zivilgardisten vom Festland kommen lassen. Sie führten rund um alle Discos und endlich auch im weitläufigen Anwesen der Libyer Razzien durch. Dabei wurden jeweils bei den Drogenhändlern Kokain und Hunderte von Pillen gefunden und beschlagnahmt.

Die Stimmung auf der Insel kippte. Die riesigen Discos waren auch Anfang Juli noch halb leer, und statt feiernder Koksnasen standen jetzt wenige betölpelte Alkis rund um die Bars. Die Ekstase durch Ecstasy fiel fast ganz weg, die teuren DJs mühten sich um ein müdes Völkchen.

Die jungen Deutschen, die Engländer, die Franzosen und Italiener hatten nach den Morden umgebucht auf die (drogen-)sicheren griechischen Inseln, auch nach Mallorca an den Ballermann und sogar an die langweilige Côte d'Azur. Die Inselbewohner von Ibiza, um Millionen betrogen, fühlten sich bedroht. Und belästigt von zahlreichen Boulevardjournalisten, die täglich neue Horrorgeschichten schrieben von der Luxus-Hippie-Insel, die in dem europäischen Blätterwald längst als Drogenhölle abgeschrieben war.

Man sollte aber, das musste auch Paul Lincke erkennen, die spanische Polizei nicht unterschätzen, wenn sie unter Druck arbeitet. LKA Beamter Lincke deckte dabei die deutsche Seite ab, denn wie sich bald herausstellte, standen hinter der libanesischen Seite vor allem Palästinenser-Clans, die auch ganze Viertel in Berlin und Essen und anderswo in deutschen Großstädten beherrschten. Und Linckes LKA-Kollegen konnten die Oberbosse in ihren unauffälligen Elektronikläden in Essen, Duisburg und Berlin aufsuchen und veranlassen, dass die Partner auf Ibiza Vernunft walten ließen.

Die Razzien wurden im Juni so konsequent, dass man niemals sicherer und drogenfreier auf der Insel Ibiza leben konnte. Wer auch nur ansatzweise nach Maghreb oder Araber oder Afrikaner aussah, wurde mindestens einmal am Tag überprüft und gefilzt. Und da gab es fast immer was zu holen, und sei es bei den Autos, die nicht ordnungsgemäß angemeldet oder technisch korrekt überprüft waren. Schließlich, es war am 4. Juli, meldete sich der Chef der örtlichen Palästinenser bei Roberto Ruiz und bat ihn um ein Treffen im Hotel Montesol am Hafen. Der Clan-Chef und sein Syndikus kamen pünktlich in einer unauffälligen S-Klasse und mit zwei Bodyguards. Roberto und Paul hatten ihre Leute gut verteilt im Hotel, empfingen die Bosse im hinteren, dunklen Teil der Bar. Die Libyer erklärten sich bereit, den Mörder der Zwillinge auszuliefern; und dieser würde auch gestehen, also quasi freiwillig lebenslang hinter Gitter gehen. Denn nachweisen hätten die Polizisten Jorge, der Ratte, die Tat bislang nur schwerlich können: Die Tatwaffe war nicht entdeckt und dass Jorge zum Zeitpunkt des Mordes auf der Insel war, teilte er mit Hunderttausenden von Touristen.

Roberto Ruiz wollte mehr: „Ich brauche auch deinen Neffen, der den Dealer erschossen hat; sonst geht das Theater zwischen euch weiter und wir haben hier immer noch keine Ruhe." Obwohl der Clan-Chef versicherte, dass die Parteien sich längst einig seien, dass hier wieder Frieden einkehren musste, ließ Roberto Ruiz nicht locker. Der Neffe sollte sich am nächsten Tag stellen. Roberto könne höchstens dafür Sorge tragen, dass er unter zehn Jahre weggesperrt werde. Aber garantieren wollte Ruiz dafür nicht.

Fehlendes Geld ist die beste Daumenschraube; der Neffe stellte sich am nächsten Tag im Kommissariat und Roberto und Paul konnten der Presse am 6. Juli endlich Tat, Motiv und Jorge, die Ratte (als Power-Point-Bild, nicht in echt) präsentieren. Bis heute weiß Paul Lincke nicht, wieso sich der Sniper freiwillig für „lebenslang" geopfert hatte. Vielleicht, weil auch in Spanien diese Strafe mittlerweile nur 15 Jahre geschlossene Anstalt bedeutet; oder es gibt eben Methoden von Überzeugungsarbeit, die auch dem erfahrensten Polizisten einen Schauer über den Rücken laufen lassen.

Es hatte zwar fünf Wochen gedauert, doch die beiden Kommissare hatten schließlich die Insel wieder beruhigt und schon in der zweiten Woche im Juli 2018 ging alles seinen gewohnten Gang. Es gab wieder feine Drogen vor den Discos, die Last-Minute-Buchungen zogen überraschend schnell an, Ibiza feierte sich und die Welt die nächsten zwölf Wochen auf höchstem Niveau: Dimitri Vegas, Sven Väth, David Guetta, alle diese Traumbringer konnten wieder in überfüllten Räumen ihre Fans beglücken. Und auch alle Promis und Profis kamen zurück!

Das Paradies kennt viele Drogen.
Das Paradies ist oft auf Speed.

4.
Montagmittag – Schöne Aussichten

Paul hat sich erstmal ein Zimmer im Hotel *Montesol* in Ibiza Stadt reservieren lassen; er trifft noch am späten Vormittag seinen Freund Roberto Ruiz, genannt Rob, der inzwischen zum Chef der Häfen und Yachtclubs der Insel ernannt worden ist. Doch gerade dort bleibt Roberto eng verbunden mit allen, die versuchen, auf der Insel einigermaßen „Ordnung und Gerechtigkeit" zu garantieren. Über die Häfen wird alles, was in den Listen des Verbotenen steht, eingeführt.

Paul Lincke und Roberto begrüßen sich mit Küsschen wie alte Freunde; sind sie ja auch. Freunde des Lebens müssen sich nicht ständig sehen; sie sollen nur ihre Wege gemeinsam gehen; und sei es, dass sie immer wissen wollen, was der andere tut.

„Schön, dass du Zeit hast, obwohl es dich ja nicht mehr zu interessieren braucht", meint Paul zu Roberto.

„Na, der Mord an Rach interessiert mich sehr. Du weißt ja, dass ich immer noch im Herzen Kriminaler bin. Aber erstens habe ich Rach schon länger im Blick – ein hinterhältiger Typ, undurchschaubar. Gut vernetzt. Vielleicht irgendwie beschützt von mächtigen Hintermännern. Ich weiß es nicht genau. Und dann: Wenn die Insel wieder so viele Touristen verliert wie damals, ist auch meine Hafenbehörde betroffen. Aber wir kommen da bald weiter. Mein Nachfolger bei der Policia Nacional ist ein pfiffiges Kerlchen, wirst du sehen", meint Roberto.

„Meinst du, der Mord an Rach hat auch Auswirkungen auf den Tourismus? In Deutschland wird das doch eher als gute Tat bewertet; der ist da nicht sehr beliebt", hält Paul dagegen.

„Schon. Aber Rach wird eben nicht der einzige Tote bleiben; wir, also die hiesige Staatsanwältin, geht nachher vor die Presse und wird zwei weitere verdächtige Fälle von vorgestern öffentlich machen. Da fielen ein dreißigjähriger Franzose vom Dach eines Hotels in Figueretes und gleichzeitig ein Engländer vom Balkon im 8. Stock eines Hotels in San Antonio."

„...Aber ist das nicht normal auf der Insel? Da fallen doch in jeder Saison Bekiffte oder Betrunkene von Balkonen und Roof Tops. Gehört ja fast zum guten Ton", gibt Paul zu bedenken.

„Das stimmt. Aber diese beiden waren aus gutem Stall. Der eine ist der Sohn des früheren britischen Botschafters in Madrid und der andere – der Franzose – war in der gleichen Studentenverbindung wie der Brite und ist außerdem noch der Sohn von einem der reichsten Franzosen überhaupt. Schmuck, Weine, Autos, Waffen.... Er ist das schwarze Schaf der Familie."

„Und haben die auch was mit Rach zu tun?"

„Wissen wir nicht genau; beide waren schon die dritte Saison Frühling bis Ende Oktober auf der Insel, jeweils so sechs Monate. Und Rach war ja auch hier, sogar im Winter. Und da läuft man sich sicher über den Weg. Wir wissen zumindest vom Service-Chef vom Cipriani, dem Edelitaliener im Gran Hotel, dass die Drei letztes Jahr ein paar Mal dort zusammen gegessen haben. Guter Mann, dieser Gustav, du solltest mal mit ihm sprechen. Deutscher, schon älter und früher mal bei eurer Stasi, glaube ich."

Das sind die Besten, also die besten Informanten, denkt Rach.

Beide gehen sie zu Fuß vom Montesol zum Gebäude der Nationalpolizei. Dort herrscht helle Aufregung, denn alle Inselgrößen haben sich eingefunden.

Einigkeit herrscht. So kann es nicht weitergehen. Paul wird vom Inselchef wie ein Erlöser begrüßt. José Joseph De Matutis ist zwar politisch im Moment in der Opposition, aber wirtschaftlich mit seiner Familie immer noch am Steuer.

„Oh, Senior Lincke, wie schön. Helfen Sie uns, helfen Sie uns. Jemand will die Saison wieder kaputtmachen! Haben Sie schon gehört: Jetzt sind auch noch der Sohn vom Botschafter und ein reicher Franzose tot. Das sind Hurensöhne, die sowas machen. Das ist Putin. Das ist der amerikanische Geheimdienst. Die wollen uns kaputtmachen und die Insel übernehmen...". De Matutis bekommt Schnappatmung bei der Vorstellung, wie er und seine Unternehmungen in den Bankrott getrieben werden.

„Amerikaner, Geheimdienst... Gibt es da Anhaltspunkte?" Paul Lincke ist verwirrt und wendet sich an den jungen Mann, der offensichtlich der neue Leiter der Nationalpolizei auf der Insel ist. Der schaut sich fast ängstlich um im kleinen Saal, gefüllt mit all den Wichtigen.

„Also, der amerikanische Geheimdienst ist uns noch nicht begegnet", meint er vorsichtig, „aber richtig ist, dass offensichtlich zurzeit - und wir haben ja Vorsaison hier - alles mögliche an merkwürdigem Gesindel aus der ganzen Welt auf der Insel aufhält."

„Reden Sie nicht rum, José!", ruft De Matutis dazwischen, der offensichtlich noch sehr gute Ohren hat, „Tausend Jahre Knast sind hier. Und Korruption und Söhne und Töchter und Cousins und die Brut von mächtigen Politikern und Wirtschaftsführern aus den merkwürdigsten Ländern. Wir haben doch die Meldescheine aller Hotels geprüft. Das ist schrecklich. Die wollen uns kaputtmachen, sicher..." Wieder Schnappatmung.

„Und so ein komischer New Yorker Fond hat uns die Pacha-Gruppe weggekauft, da steckt doch die Mafia dahinter, also die amerikanische Mafia, und dann ...Sizilianer hat es hier auch ohne Ende. Die sollen auf Sizilien bleiben, das verdammte Mafiagesindel." De Matutis scheint zu wissen, wovon er spricht. „Die haben ja sogar mir ein Angebot machen wollen, das ich nicht abschlagen könne, was sind das für Angeber. Wissen die nicht, dass Spanier nicht einfach zu kaufen sind!"

‚Der stolze Spanier, nicht zu kaufen...', denkt Paul, aber laut sagt er, zu José gewandt: „Ist das so, wie Senior De Matutis sagt: Gibt es Druck auf die hiesige Geschäftswelt, ihre Läden zu verkaufen?"

„Ist zwar nicht unser Kerngeschäft, die Inselwirtschaft zu überprüfen", meint José Garcia, der eloquente Nachfolger von Ruiz, „aber wir haben mal die wichtigsten dreißig Geschäftsleute abgefragt, und bis auf drei Ausnahmen haben alle Anfragen oder Kontakte zu möglichen Investoren bestätigt. Und viele waren auch überrascht, wie rigoros die Anfragen waren. So: Verkaufen, oder du wirst wirtschaftlich nicht überleben. Und nicht nur wirtschaftlich..."

„Gut, aber das wäre ja Nötigung. Das wäre dann doch unser Geschäft", meint Paul. José nickt: „Wir sind dran, aber da vieles auch aus anderen Ländern zu uns kommt, bin ich froh, dass Sie hier sind, Senior Lincke."

Der Polizeichef will signalisieren, dass er gerne mit Paul Lincke zusammenarbeitet; ihm ist das mit seiner Mannschaft über den Kopf gewachsen und Roberto Ruiz, sein Vorgänger, hat ihm Paul ans Herz gelegt.

„José, stelle für Senior Lincke die zwei besten Leute als Bewacher ab; ich will nicht, dass er auch vom Dach fällt. Ich bin froh, dass ihr zusammenarbeitet. Hier ist meine Karte, Paul; unterrichten Sie mich bitte sofort, wenn Sie Neues rausgefunden haben. Und passen Sie auf. Da ist das übelste Pack versammelt, das Sie sich denken können." De Matutis will gehen, aber ein großer, schlaksiger Mann hält ihn kurz auf: „José Josef, kann ich auch noch was sagen? Senior Lincke, auch die Inselregierung steht voll hinter Ihnen und der Nationalpolizei. Wir müssen gemeinsam alles tun, dass wir hier nicht von Fremden übernommen werden. Was immer Sie brauchen, jederzeit bin ich für Sie da." Der schlaksige Herr, Dr. Antonio Granadille von der Arbeiterpartei PSOE, hatte die letzten Wahlen 2022 gewonnen und war jetzt der Regierungschef. Aber im Moment, das merkt man, wäre er lieber in seiner Apotheke am Hauptplatz und würde Medizin verkaufen. Denn auf einen solchen Krieg ist der ehrliche Kommunalpolitiker dann doch nicht vorbereitet.

„Senior Lincke, Sie haben die Unterstützung der ganzen Inselregierung."

Paul hält das Ganze jetzt doch für sehr hysterisch. Klar, die Touristenzahlen gehen bei Morden zurück. Aber dass gleich die ganze Insel übernommen werden soll? Von wem, und wer, und warum...? Und was hat das mit Rach zu tun? Das war doch ein kleiner großer Betrüger, mehr nicht. Die Inselherren scheinen alle ein wenig neurotisch.

Manche Realität ist anders als die Wirklichkeit.
Und manche Wirklichkeit ist reine Phantasie.

5.
Montag, spätnachmittags

Paul Lincke ist jetzt vier Stunden auf der Insel und das Szenario könnte nicht verwirrender sein. Um elf mit dem BKA-Flieger angekommen, im Café Mar y Sol mit seinem Freund Ruiz einen ersten Überblick verschafft, bei der Nationalpolizei von Kommissar José Garcia und den Inselgrößen auf eine „große Sache“ vorbereitet und nun mit Roberto und José zur Pressekonferenz der Staatsanwältin, die über den Mord an den beiden ‚Söhnen‘ unterrichtet. Aber siehe da, die hübsche junge Frau Amelia Cobos, aus Castillon nach Ibiza entsandt als oberste Staatsanwältin, spricht nicht von Mord.

„Wir untersuchen den Tod der beiden Gäste sorgfältig. Bisher haben wir keine Anhaltspunkte, dass sie nicht selbst in den Tod gefallen oder gesprungen sind. Es gibt keine Spuren einer fremden Gewaltanwendung. Bisher. Wir lassen gerade an beiden in unserem Speziallabor in Palma de Mallorca eine Autopsie machen. Die Leichen sind dorthin geflogen worden; übrigens, für die deutschen Journalisten zur Information, auch der Körper von dem wohl tatsächlich ermordeten Pascal Rach ist seit heute Morgen in Palma.“

Aha, denkt Paul, auf Ibiza gibt's natürlich keine Kriminalpathologie. Aber jetzt kann ich mir den guten Pascal gar nicht mal anschauen.

Die Pressekonferenz ist erstaunlich gut besucht. Journalisten der Boulevardpresse aus allen drei betroffenen Ländern, dazu Agentur- und Online- Journalisten, die sonst in Madrid sitzen. Das wird den Tourismus auf Ibiza doch treffen, überlegt Paul.

Und als ob es Gedankenübertragung gäbe – was es zweifellos gibt -, ruft schon De Matutis an. „Das wird Ibiza hart treffen", sagt er. „Können Sie nach der Konferenz zu mir ins Ushuaia kommen? Wir müssen dringend unter uns reden. José soll Sie fahren."

José fährt ihn mit seinem Dienst-Seat zum Ushuaia Beach Komplex, eine Viertelstunde vor der Stadt am Stadtbeach und an der Einflugschneise zum Airport gelegen. An dieser Stelle die Baugenehmigung für zwei so riesige Komplexe wie das Ushuaia Beach Hotel mit großer Veranstaltungsfläche und für das Hard Rock Hotel direkt daneben zu bekommen; dafür muss man großen Einfluss auf der Insel haben.

Durch einen unauffälligen Seiteneingang gehen die beiden Kommissare ins Innere eines gut gesicherten Bürokomplexes, in dem die Verwaltung der De Matutis Vergnügungsunternehmen untergebracht ist. Sehr modern, viele Bildschirme, viele quirlige junge Leute. Das Chefbüro ist eher spanisch-konservativ eingerichtet. Aber auch hier hängen vier Bildschirme im Blickfeld des Schreibtisches; auf einem sieht Paul sofort, dass er die Räume der Inselverwaltung zeigt, wo eben die Staatsanwältin ihre PK abgeschlossen hat. Auf den anderen sind Zahlen, Tabellen, sich stets verändernde Werte sowie Börsenkurse und Devisen zu sehen.

„Danke, dass Sie kommen, Paul. Ich darf doch Paul sagen? Sie sind für mich der Einzige, dem ich vertrauen kann. Äh, José natürlich auch, entschuldige, José. Hier herrscht Krieg; man will uns die Insel wegnehmen. Und wir wissen nicht genau, wer das ist. Kommt das sogar von innen? Ich meine, aus Spanien. Ich glaube nicht. Es ist ein Angriff großer Geldströme, hinter denen jeder stecken kann, der viel Schwarzgeld reinwaschen muss. Und alles legal aussehen lassen will. Schauen Sie: Mein Freund Jorge de Valencia, der aus Alicante stammt und der die Pacha-Gruppe aufgebaut hat. Tolle Hotels, tolle Discos, das Lío. Jedes Jahr mehr Gewinn. Mehr Ideen. Baut gerade neue Unternehmen in drei Regionen. Ein Vollblutunternehmer. Nicht sehr alt, vielleicht siebzig. Und plötzlich ruft er mich an und sagt, er habe alles auf Ibiza verkauft. Ohne mit mir zu sprechen vorher... Und ich sage: Warum, por dios, warum Jorge, um Gottes Willen? Und er: Schau, ich habe jetzt sechs Enkel, drei tolle Kinder, wunderbare Landhäuser in Spanien und auf der Insel; ich will um meine Kinder, meine Enkel keine Angst haben müssen, nur wegen Geld. Und ich frage ihn: Jorge, wie meinst du das? Und er sagt, José Josef, kennst du den Film der Pate? Dann kennst du auch den Satz: Es gibt Angebote, die man nicht ausschlagen kann. Nicht mehr. Und die Leute, die mir die Pacha-Gruppe abgekauft haben, sind mit den größten Anwaltskanzleien der USA, von New York bis Miami, tätig. Und ich sage: Jorge, Anwälte haben die Pacha-Gruppe gekauft? Das glaube ich dir nicht.

Nein, José Josef, sagt er, ich habe nur die Anwälte kennen gelernt. Wer hinter den Fonds steckt, die das Geld geben, das weiß ich nicht. Aber die Anwälte haben mir versichert, dass es dem Pacha-Konzern auf Ibiza gut gehen wird und dass es sehr angesehene Männer sind. Sehr angesehen. Und sehr willensstark. Versteht du, José Josef, wenn die was wollen, wer schützt uns dann? Die Polizei hier? Die Regierung, diese Schlappschwänze...?"

Die lange Rede hat De Matutis viel Kraft und Atmung gekostet. Er schnappt nach Luft. „Verstehen Sie, Paul, Sie haben mich einmal gerettet, und ihr Deutschen seid da nicht so verstrickt mit allem. Vor den Deutschen haben auch diese Italo-Amerikaner oder Kolumbianer oder wer auch immer... jedenfalls haben sie noch Respekt vor euch Deutschen."

Jetzt muss Paul lachen: „Senior De Matutis, das ist ja sehr nett von Ihnen, aber Respekt vor Deutschland hat im Moment keiner mehr. Aber vielleicht haben Sie ja auch ein bisschen recht: Man sollte vor uns Respekt haben. Deutschland ist nicht so desolat, wie es vielleicht aussieht. Wissen Sie: Politiker kommen und gehen, aber Bürokratien und Strukturen bleiben bestehen. Und da sind wir sicher nicht so schlecht aufgestellt; die Briten übrigens auch nicht. Und die Franzosen. Aber dass gleich die ganze Unterwelt von Übersee bis Europa Ibiza übernehmen will, nur weil die Pacha-Gruppe verkauft wurde.... Und dann, warum sollten sich New York und Miami und Kolumbien und Neapel plötzlich um das kleine Ibiza scheren?"

De Matutis zeigt auf einen der Bildschirme: „Nirgends auf der Welt, und ich sage nirgends, an keinem anderen Ort, nicht mal in Las Vegas – wenn man das Glücksspiel außer Acht lässt, und das ist fest in den Händen der Italiener – wird für Vergnügen und alles drum herum, Drogen, Yachten, Essen, Partys natürlich, Immobilien, in vier Monaten von Mitte Juni bis Mitte Oktober so schnell so viel umgesetzt wie bei uns. Und das heißt: Hier kannst du schnell viel Geld schleudern. Reinwaschen. Vorne rein, vorne raus. Wie bei Miele. Sind die besten Waschmaschinen. Kommen doch aus Deutschland. Sind auch ein Familienunternehmen. Waschen! Schmutziges Geld waschen! Und alles kontrollieren, denke ich. Oder nein, ich bin sicher. SIE haben gewagt, mir ein Angebot zu machen."

„Und wie kam es dazu? Und wer sind SIE?", fragt Paul.

„Geschniegelte Anwälte aus Madrid. Großkanzlei. Ihre Hauptbüros sind aber in Chicago und New York. Ich habe alles recherchiert. Wir sind hier nicht aus Galicien. Und ich habe viele Freunde in Europa. Ich war im Europaparlament bis vor vier Jahren..."

„Oh, das wusste ich nicht", warf José demütig ein. Oder ironisch.

„Ja, also, die Jungs aus Madrid kommen hier rein, drei Leute, als hätten wir schon über Verhandlungen geredet, angemeldet, kalt, und sagen, dass potente Klienten – potent, dass ich nicht lache – gerne meine Unternehmungen auf Ibiza erwerben würden. Und zwar alle.... Was, sage ich, alle, auch die Bank? Ja klar, sagen die, besonders die Bank. Die Bank Matutis! Seit hundertvierzig Jahren in Familienbesitz. Vom Ururgroßvater gegründet, um die armen Landwirte der Insel finanzieren zu können, wenn sie Saatgut oder Vieh brauchten. Um den Handel mit dem Festland zu finanzieren. Um Ersparnisse der Ibizenkos sicher anzulegen. Um unabhängig zu bleiben. Hundertvierzig Jahre. Und dann kommen solche Bürschchen aus Madrid. Die waren schneller draußen als Armin Hary in Rom die 100 Meter rannte.

Aber natürlich habe ich gefragt, wer denn das freundliche Angebot macht. Könnten sie nicht sagen, potente Leute eben, großteiles aus Amerika, aber seriös, auch Politiker steckten drin, also würden bei dem Projekt mitmachen. Aus vielen Ländern... etc. Geschwätz... Raus, sage ich, raus."

Er redet sich in Rage und Paul denkt zuerst, er meine ihn und den Kommissar mit „raus". Aber nein, Paul soll sein Retter sein vor dieser Armada des Bösen. Paul, der Ibizas touristische Geschäfte vor sechs Jahren schon mal gerettet hat. Er wird es lösen. Da ist sich De Matutis sicher.

„Sie haben gerade auf den Bildschirm gezeigt, Senior De Matutis. Was bedeuten die Zahlen darauf?"

„Hier, sehen Sie, Pablo (plötzlich nennt er ihn Pablo). Von Juni bis Oktober befinden sich seit circa zwanzig Jahren die reichsten Sommerurlauber aus Europa, jetzt aus der halben Welt, für einige Zeit auf Ibiza. Im Schnitt sind zehntausend Menschen vom 20. Juni bis 15. September hier, die am Tag mehr als 3000 € ausgeben; und dann noch fünfundzwanzigtausend, die am Tag mehr als 1000 € ausgeben. Das ist unsere liebste Klientel. Vieles davon wird in bar bezahlt: Cash. Vieles auch über Kreditkarten, deren Wege überallhin führen. Wie machen es zum Beispiel die Libanesen, die Sie, Pablo, ja vom Zwillingsfall kennen? Die nehmen vielleicht am Abend 100 000 € durch Drogenverkauf ein. 30 000 gehen an die Lieferanten, 20 000 an die Verteiler. Also hast du plötzlich täglich 50 000 € Bargeld. Wie kriegst du das sauber? Nun, die haben in Santa Gertrudis noch eine kleine Pizzeria und in Portinatx eine Bar. Und am Morgen jeden Tages stehen die an meinem Bankschalter und bei der Banco Santander, und zahlen den Umsatz des vergangenen Abends der Pizzeria, 25.000 Euro, und der Bar, 25.000 Euro, in bar brav auf das Konto. Das wird auch versteuert. Alles sauber. Und das Geld ist rein wie Meister Propper.

Und der Staat hat auch noch was vom abenteuerlichen Pizzeria Umsatz. Aber das sind eben die kleinen Fische. Wenn du Million um Million reinwaschen willst, glaubt dir das dämlichste Finanzamt nicht, dass du mit einer Pizzeria 1 Million am Abend umsetzt. Aber bei mir im Ushuaia, wenn die Party läuft, ist schwer zu sagen, ob da eine oder drei Millionen eingenommen werden. Und im *Pacha*, im *Amnesia*, im *Chinois*, im *Hard Rock*, im *Nassau Club*, im *Ocean Beach*, im *Nikki Beach*, vor allem im Lío, das zu Pacha gehört, da kommt genügend zusammen. Ob eine Million oder fünf Millionen am Abend, wer will das prüfen? Da kannst du schmutziges Geld groß reinmachen. Wie in einer Miele!"

„Das war eine schöne Lektion ‚Wie wasche ich schwarzes Geld'. Danke, Senior. Aber jetzt sollten wir mal sprechen, was im Moment gerade läuft. Pascal Rach ermordet, das steht fest. Der Engländer und der Franzose, beide keine Schlappschuh-Touristen, vom Dach gefallen. An verschiedenen Orten. Seltsam... Was denken Sie, Senior De Matutis? Ganz konkret, wer könnte da dahinterstecken? Und warum diese drei, um das Geschäft für die Saison kaputtzumachen, oder doch ein anderer, direkter Zusammenhang mit der ‚Übernahme' der Insel?"

De Matutis schweigt, dann sagt er: „Ich kenne den Vater des Engländers, den Botschafter, ganz gut. Er hat mich schon vor einem Jahr angerufen, dass sein Sohn in merkwürdige Geschichten auf meiner Insel verstrickt sei. Seit er auf der

Columbia Universität in New York war. Und dass irgendwas mit Ibiza laufen würde. Das letzte Jahr war er wohl fünf Monate hier; wollte angeblich den Markt beobachten. Und dieses Jahr kam er schon im März. Stieg aber nicht bei den Pacha-Leuten ab, sondern im Atlantic Hotel. Ganz gewöhnliches 4-Sterne-Hotel in San Antonio. Gehört den Italienern, Venedig oder Neapel, wer weiß das schon. Wir wissen es nicht genau. Und das Cipriani. Alles rund um das Casino de Ibiza. Das Casino selbst ist aber heimisch, das weiß ich genau, ich halte ein paar Anteile. David, der Botschafter, hat mich übrigens heute Morgen angerufen. War erstaunlich gefasst. Hatte mit dem Sohn wohl nicht mehr viel zu tun; der mache sein eigenes Ding, meinte er. Seine Freundin sei Italo-Amerikanerin, aus reicher Familie. Also, reich auf italienische Art... Hat er in New York wohl kennen gelernt. Vielleicht können Sie die Geschichte mit Brian, also dem Sohn, auch gleich klären..."

„Das wird jetzt ein wenig schwierig für mich", meint Paul, „ich habe den Auftrag, den Rach-Mord zu klären. Bei den beiden anderen Toten muss José ran, da kann ich mich jetzt erstmal nicht drum kümmern. Aber irgendwie werde ich das Gefühl nicht los, das hängt alles doch zusammen, nach dem, was Sie da sagen, Senior De Matutis. José, was meinst du?"

„Die Staatsanwältin – und die ist quasi meine Auftraggeberin – geht erst mal von einem Sprung ins Ungewisse aus bei den beiden Jungs. Ich schaue mal, was die Pathologen in Palma mir berichten; lieber Paul, Sie könnten da gerne auch Ihre Lebensgefährtin einfliegen lassen. Wir würden ihr gerne die Türe des Todes öffnen und die drei Leichen zeigen..."

„José, Sie sind ja bestens informiert", lacht Paul. Er denkt bei sich, dass sicher sein Freund Ruiz das erzählt hat.

„Unbedingt, unbedingt", wirft De Matutis ein, „holen Sie, wen immer Sie brauchen. Und stellen Sie alles mir in Rechnung. Es geht um meine Existenz. Um meine Insel."

„Ibiza, Ich liebe dich, weißes Paradies!", ruft Paul, den Werbespruch der Insel persiflierend. „Und wen man liebt, den lässt man nicht im Stich. Jetzt freue ich mich aufs Abendessen mit Roberto im Cipriani."

Wer an die Quelle gelangen will,
muss gegen den Strom schwimmen.

6.
Montagabend – Bellini und Pistoli im Cipriani

Der Polizeichef bringt Paul zurück zum Montesol. Stets hinter ihnen fahrend ein Seat mit zwei kräftigen Männern, die wohl für Pauls Sicherheit sorgen sollen. Als Paul ins Hotel geht und die zwei Bodyguards in der Lobby stehen, geht er zu ihnen und stellt sich kurz vor. „Kollegen, danke, dass ihr auf mich aufpasst. Und wenn ihr was seht, was ich nicht sehe, könnt ihr es mir gerne sagen, vielleicht bekommen wir dann die bösen Buben schneller hinter Gitter."

Warum sollte man seine Beschützer nicht auch als Co-Detektive nutzen, ein alter Trick von Paul. Er geht ins Zimmer, schöner Blick auf den Hafen von Ibiza Stadt, und skypt auf dem Handy mit Erika. „Du kannst mir helfen, mit oberster Erlaubnis des Inselkönigs. Flieg doch morgen nach Palma und schaue dir meine drei Leichen an. Ich spreche gleich mal mit Dr. Hack, dass er das freigibt und organisiert. Und dann kommst du zu mir nach Ibiza. Vielleicht kannst du mich auch etwas sezieren."

Dr. Hack, schon zuhause vom Büro, ist einverstanden und gibt dem Dienst die Anweisung, alles für Erikas Flug am nächsten Morgen nach Palma zu organisieren. Sie kann die erste Charter Maschine um sieben Uhr nehmen. Wenn das BKA ins Rollen kommt, dann rollt es.

Paul hat sich fürs Abendbrot – das auf Ibiza nicht vor 22 Uhr genommen wird – mit Roberto Ruiz verabredet. Sie gehen vorher noch ins Café Giardinetto in Talamanca, immer zwei der Bodyguards im Schlepptau. Das Giardinetto ist ruhig gelegen, nicht verwanzt (wahrscheinlich) und unbeachtet.

„Was hältst du von dieser ‚Schlacht um die Insel'?", fragt Paul seinen Freund.

„Da ist viel dran; mir fällt auch im Hafen auf, dass sich ein verdächtig unauffällig gebender Mob von scheinbar Bürgerlichen in scheinbar mittelklassigen Booten breitmacht, die hier noch nicht zu sehen waren. Wir hatten seit zwanzig Jahren ab Mai im Hafen immer die gleichen rich People, die mit ihren Booten mal zwei, mal sechs Wochen oder auch den ganzen Sommer hier anlegten. Dann kam die Pandemie. Ein undurchschaubarer Hedge Fond, dem die Pacha-Gruppe seit 21 gehört, hat 2021 auch die Mole beim Lío übernommen und kann dort die Liegeplätze vergeben. Es sind plötzlich kleinere Boote da, durchaus stattliche Yachten, aber nicht Protz, mit zwei bis vier Typen – auch Frauen – drauf, die nicht nur zum Urlaub machen kommen. Und wir können sie nicht allzu eng kontrollieren wegen der Personenfreizügigkeit in der EU. Ich denke", schlussfolgert Roberto, „da hat eine dunkle Gruppe gesehen, dass es hier möglich ist, lukratives Investment in Form von Discos, Dinner Shows, Restaurants, Hotels etc. zu übernehmen, und schon will eine andere Gruppe das auch haben. Was die New Yorker können, können wir Kolumbianer oder Mexikaner schon lange. Und was die können, können die Clans doch auch. Die sind alle futterneidisch, siedeln sich aber gerne an den gleichen

Plätzen an. Siehe Las Vegas früher. Oder Macao heute. Und ehrlich: Etwas Besseres als Ibiza, wo du Hunderte von Millionen in kurzer Zeit reinwaschen kannst, wirst du auf der ganzen Welt kaum finden."

„Euer Senator hat mir zwar einen Schnellkurs in Geldwäsche gegeben. Aber kannst du mir auch noch mal sagen, wie das im Großen läuft?"

Roberto zeigt auf zwei Neonkirschen, fünfhundert Meter Luftlinie vom Giardinetto am Hafen. „Da ist das Lío. Gehört zur Pacha-Gruppe. Da wird jeden Abend eine Show aufgeführt und dann eine After Party bis in die Morgenstunden gefeiert. Alles überrissen teuer, aber kein Problem für die reichen Gäste. Sagen wir mal, der Inseltourist gibt da einen Tausender und mehr am Abend aus; wären also 300.000 bis 500.000 € Einnahmen pro Tag. Aber jetzt gibt's vielleicht zehn Tische, die nur das Beste bestellen: Teuerste Weine, Kaviar, edlen Wodka. Etc. Und dann hat so ein Tisch mit sechs Leuten plötzlich eine Rechnung von hundertfünfzig Tausend Euro. Nur ein Tisch. Hast du zehn solche Tische am Abend, dann sind plötzlich über eine Mio. in der Kasse. Allein das Lío kann also in einer Saison, an 120 Tagen geöffnet, 200 Millionen umsetzen. Nicht von den Normalos, sondern von den teuren Tischen. Aber: Mit was zahlen die zehn Tische? Einige sogar bar, das ist aber dann bei über 100 000 Euro doch recht merkwürdig und da schaut die Finanzpolizei der Insel schon hin. Andere zahlen mit Kreditkarten, die kurz vorher in Banken von Delaware, von Mexiko, in der Schweiz, ganz häufig in Marrakesch, Dubai etc. aufgeladen wurden. Und jetzt abgearbeitet werden. So liegt das Bargeld, das man eingezahlt hat, maximal zwei Wochen auf einem Konto, ganz unauffällig, und wird dann über Ausgaben in Ibiza abgetragen. Wenn du so, als Pacha-Gruppe, eine Milliarde in einer Saison reinwaschen kannst, ist das nicht schlecht, oder? Und das Basisgeschäft selbst bringt sogar auch noch Einnahmen. Also, du machst nicht nur viel Geld sauber, du hast auch noch ein sauberes Geschäft", lächelt Roberto.

MIELE, denkt Paul. Und MORD. Das ist mein Auftrag. Nicht vergessen, nimmt er sich vor, lass dich nicht von den Milliardenfantasien der Insulaner verwirren.

„Was ist mit Rach? Hast du mehr herausbekommen? Ich muss erst mal die Rach-Sache in den Griff kriegen. Dafür bin ich hier. Die Milliarden-Dollar-Deals überlasse ich dir", meint Paul.

„Du bist immer am Ball, mein Freund. Ja, ich glaube, ich habe ganz gute Informationen zu Rach. Ich habe mal schauen lassen, woher er denn sein Geld in den letzten Jahren bekommen hat. Das, was er in Deutschland ergaunert hat, war ja großteils weg. Und siehe da, viel Geld kam von einer New Yorker Gesellschaft, die einen Biergarten betreibt. Du hast richtig gehört. Oktoberfest in New York. Und dahinter stecken zwei Deutsche, die nach der Wende ausgewandert sind. Halt dich fest: Zwei damals junge Stasi-Offiziere mit engsten Beziehungen nach Russland. Das waren einst Mitarbeiter von Alexander Schalck-Golodkowski, dem Dealmaker der SED in den achtziger Jahren, du warst noch ein Kind. Aber vielleicht hast du davon gehört?"

„Oh nein, nicht schon wieder die bösen Russen; und die Stasi ist doch seit dreißig Jahren aufgelöst", ruft Paul ironisch. „Es sind nicht immer die Gärtner oder die Russen."

„Tut mir leid, es geht noch weiter. Der Hedge Fond, der die Pacha-Gruppe gekauft hat, wird wahrscheinlich von russischem Geld gespeist. Habe ich selbst De Matutis noch nicht gesagt. Du weißt ja, dass in Russland der alte KGB, der sowjetische Geheimdienst, die Macht übernommen hat, und jetzt lauter ehemalige KGB-Offiziere zu den reichsten Männern des Landes gehören. Und der KGB war natürlich ganz eng mit der Stasi verbunden. Die kennen sich alle. Und seit dem Ukraine-Krieg haben die alle Probleme, im Westen Geschäfte zu machen. Da sind die geläuterten Deutschen willkommen. Habt ihr nicht sogar einen Ex-Kanzler, der da mitspielt?"

„Woher weißt du, wer das Geld für den Hedge Fond gegeben hat?"

„De Matutis hat mich schon vor Monaten beauftragt, rauszufinden, wo das Geld für den Kauf der Pacha-Gruppe herkommt. Und die Amerikaner überwachen Geldströme inzwischen sehr gründlich. Meine amerikanischen Mittelsmänner sind sicher, dass mehrere russische Oligarchen, die zum Teil übrigens im Sommer hier ihre Yachten liegen hatten, Geld in den Golden Dreams Hedge Fond gesteckt haben. Der ist auf den Cayman Islands registriert; die einzigen Klarnamen sind New Yorker Anwaltskanzleien, die aber nachweislich mit den Stasi-Deutschen vom Biergarten zu tun haben und früher, als es noch erlaubt war, zahlreiche russische Oligarchen vertreten haben."

„OK, Golden Dreams hat Pacha gekauft; aber wozu? Um Geld zu waschen oder um einfach ein Unterhaltungsimperium aufzubauen?"

„Ist uns auch noch nicht klar. Wahrscheinlich beides. Jedenfalls haben die Amerikaner schon gleich nach dem Kauf das gesamte Management in allen Pacha Clubs und Hotels ausgetauscht. Bis runter zur Buchhaltung und zur Kasse. Alles eigene Leute, praktisch keine Spanier, meistens Ostdeutsche oder Italiener, die aus New York zugezogen sind. Dazu auch noch einige Russen und Polen, die EU-Zweitpässe aus Zypern oder Israel haben, damit sie hier arbeiten können."

„Und wo ist jetzt mein Toter Pascal Rach? Wo spielt der mit? Und warum musste er uns verlassen so plötzlich?"

„Das musst du herausfinden. Aber er hat von verschiedenen ‚Beratungsaufträgen' gelebt. Und er war auch bei verschiedenen Immobilienkäufen beteiligt. Er hat für die Biergarten-Leute zum Beispiel eine Zehn-Millionen-Euro-Villa in Santa Eulària gekauft. Da hat er fünf Prozent Provision bekommen; wissen wir vom früheren Besitzer. Und neuer Besitzer der Villa jetzt ist eine anonyme Gesellschaft aus Panama."

Paul schüttelt den Kopf. Das sind Beträge, die ihm fremd sind. Die Bösen fallen immer auf den dicken Hintern und der pupst sie wieder hoch.

Die Männer gehen zu Fuß ins 500 Meter entfernte Restaurant Cipriani. Auf der linken Straßenseite sind exklusive Apartmenthäuser, entstanden erst in den letzten Jahren, links erstreckt sich der Hafen für die großen Yachten. Sie passieren die Mole, wo es zum Blue Marlin Club und zum Lío geht, an der Keeper Bar und am edelsten Puff der Insel vorbei, den eine Rockergruppe betreibt, wie Roberto erklärt. Dann zu dem Komplex, in dem der Nachtclub Chinois, das Gran Hotel und das Casino sich befinden. Und das Cipriani, der beste Italiener der Insel. Zumindest mit Abstand der teuerste. Aber auf jeden Fall mit dem großartigsten Bellini.

Bellini kann man nur in Harrys Bar in Venedig oder eben im Cipriani auf Ibiza trinken.

Es ist erst halb zehn, noch nicht viel los, aber natürlich sind alle Tische reserviert. Roberto geht direkt zum deutschen Chefkellner Gustav; sie grüßen sich vertraut. „Wir brauchen nette zwei Plätze", sagt er zu Gustav. „Und gebt meinen Leuten an der Bar bitte auch einen Teller Spaghetti." Er deutet zu den Bodyguards, die an der Bar mit guter Sicht auf das Restaurant Platz genommen haben. „Und Gustav, hast du nachher einen Moment? Mein deutscher Kollege würde gerne mit dir reden."

An ihrem Tisch, mit Überblick auf Bar, abgedeckten Pool und die meisten Tische, bestellen sie bei der tief dekolletierten, südamerikanischen Kellnerin zwei „Bellini", einen leichten mallorquinischen Weißwein und Scampi con Pasta y Verdura. Eine Traumkulisse: Der ins Restaurant integrierte Pool ist zwar überdeckt worden, um mehr Tischen Platz zu machen, aber Lichtspiel, weiße Tischdecken, wohl gekleidete Gäste, viel Weiß, viel teurer Schmuck, noble Uhrenmarken sind geblieben. Und die Schuhe der Damen und Herren. Ein Traum! Der Service ist schnell, effektiv, lächelnd.

Hier lässt es sich leben, denkt Paul. Das würde sogar Erika gefallen. Und Leichen gibt es ja auch genug. Wenn wir als Paar hier lebten, bräuchte man die gar nicht mehr nach Palma zu überführen. Dann könnte man die gleich hier obduzieren. Muss ich De Matutis vorschlagen...

Gustav kommt an den Tisch. Nach ein paar Sätzen in Deutsch, in denen Paul dem alten Stasimann erklärt, warum er hier ist, wechseln die zwei wieder ins Spanische, damit Roberto alles versteht.

„Kannten Sie Pascal Rach, Gustav?“, fragt Paul.

„Kennen? Wen kennt der Mensch. Aber Senior Rach war Stammgast hier. Kam mindestens viermal im Monat, außerhalb der Saison vielleicht sogar zweimal die Woche. Hat sich nie angemeldet, aber ich habe natürlich geschaut, dass er immer einen guten Platz bekam. Kam praktisch nie allein, kam immer mit Leuten, die Platin-Kreditkarten haben. Oder cash.“

„Und waren das Männer? Woher kamen die? Ging es um Geschäfte?“

„Viele Russen, Serben, auch mal Araber. Russisch versteh ich ja von früher“. Gustav lächelt. „Meistens kam Rach mit Männern, manchmal auch mit Frauen. Dann wohl eher privat, eher südamerikanische Typen. Eine jüngere, Deutsche war manches Mal auch dabei; weiß nicht, ob das seine Tochter ist.“

„Nein, er hatte keine Tochter. Worüber haben sie denn gesprochen? Die Russen und er, die Deutschen und er und die junge Frau...?“

„Oh, wir belauschen die Gespräche unserer Kunden nicht. Das geht hier nicht. Höchstens mal ein paar Wortfetzen oder so. Also ehrlich, obwohl die oft geflüstert haben, ging es immer um Geschäfte, um Übernahmen, Investitionen. Ich habe mitgekriegt, dass Rach immer gute Immobilien an der Hand hat. Die Russen brauchen wohl schnell mal ein Häuschen auf der Insel, und das hat dann Rach erledigt, scheint mir. Und wenn sie es wieder zu Geld machen wollten, hat er es weitervermittelt. Die guten Sachen hier laufen nicht über die Immobilienfirmen; die laufen unter der Hand. Rach kann inzwischen Russisch; vor fünf Jahren, als er hier das erste Mal auftauchte, war das noch holprig. Wie sein Spanisch auch, das kann er inzwischen perfekt. Dumm ist der nicht. Arrogant, ein Ekel, aber nicht dumm."

„Warum sagen Sie das, Gustav? Ist er großkotzig aufgetreten, hatte er Ärger hier im Lokal? Sind eigentlich Leute gerade hier, mit denen er zu tun hatte?"

Gustav schaut sich um. „Da hinten, der 3er-Tisch mit den zwei Männern und der Frau. Mit den beiden Typen war er vor vielleicht drei Wochen da. Warten Sie. Ja, an einem Freitag. Sind aber keine Russen, sind Südamerikaner. Und ja, großkotzig war er. Hat das Personal von oben herab behandelt. Mich nicht, mich hat er gebraucht, um die richtigen Tische zu bekommen. Und ich glaube, er weiß auch, dass ich nicht immer Kellner war. Hat sich wohl über alles informiert. Und dann hat er nur schwäbisches Trinkgeld gegeben. Arroganz und Geiz, das mögen meine Leute nicht. Aber gut, konsumiert hat er ordentlich, wobei oft seine Gäste bezahlt haben. Dann war's gut. Russen und Amerikaner sind großzügig, was Trinkgeld angeht."

„Ein guter Tipp ist ein gutes Tip wert", meint Paul lächelnd in Deutsch, dann: „Aber hatte er denn Feinde; Leute, die ihn absolut nicht ausstehen konnten, ich meine nicht nur wegen dem Trinkgeld."

Gustav überlegt: „Nun, es gab wohl schon den einen oder anderen Deal, der nicht so lief, wie beide Seiten es wollten. Mit den beiden Südamerikanern da drüben hat er sich zum Beispiel kräftig gestritten beim letzten Mal. Ziemlich lautstark, dass das halbe Restaurant auf den Tisch gestarrt hat. Rach ist dann aufgesprungen und gegangen. Und die Südamerikaner haben sich geweigert, sein Essen zu zahlen. Ich habe es aufschreiben lassen. Hat es dann beim nächsten Besuch einwandfrei bezahlt."

„Na, dann spreche ich doch mal mit den Herren, bevor sie gehen... Gustav, erstmal danke. Vielleicht später noch mehr." Paul steht auf und geht direkt auf den Tisch zu. Aus den Augenwinkeln sieht er, dass auch einer der zwei Aufpasser von José sich von der Bar erhebt und von der anderen Seite sich dem Tisch der Südamerikaner nähert. Als Paul an den Tisch tritt, springt sofort der Jüngere der beiden auf und baut sich vor Paul auf. Er schirmt das Paar am Tisch ab und blafft: „Was willst du? Verschwinde!" Paul schaut ihn direkt an, sieht den Colt im Brustbeutel, und meint: „Nur ein paar Fragen zu Pascal Rach. Er ist tot. Und Sie waren mit ihm hier. Ich bin von Europol."

Der Jüngere schaut zu seinem Chef hinunter, der leicht mit dem Kopf schüttelt. „Das ist privat hier, verschwinden Sie", zischt der Bodyguard. Aber schon hat sich einer der spanischen Kollegen von Paul dem Tisch genähert und mischt sich ein: „Sie tragen hier eine Pistole? Haben Sie einen Waffenschein, eine Genehmigung?" Er zeigt auf die Waffe und fordert: „Geben Sie mir sofort Ihre Waffe. Schaft nach unten. Wir sind hier in Spanien, nicht in Kolumbien."

Nun herrscht Verwirrung um den Tisch der Kolumbianer, zumal jetzt auch Roberto und der zweite Beschützer von Paul sich dem Tisch genähert haben. „Geben Sie die Pistole, machen Sie keinen Aufstand", wird der Gaucho nochmals ermahnt. Der schaut wieder zu seinem Chef, der jetzt unauffällig nickt. Also wird die Pistole wie verlangt gereicht; die schwarzen Augen des Pistolero töten weiter. Roberto mischt sich ein, zeigt seine Marke: „Ich bin der Hafenchef der Insel. Melden Sie alle sich bitte morgen um elf auf dem Kommissariat im Hafen. Dann erhalten Sie auch die Waffe wieder, wenn dem nichts entgegensteht. Es geht um einen Mordfall. Sie kannten das Opfer. Wenn Sie nicht erscheinen, werden wir Sie auf Ihrer Yacht aufsuchen." Roberto macht also gleich klar, dass er weiß, wo die Gruppe übernachtet und wer sie sind.

Die Beamten ziehen sich zurück, am Tisch der Südamerikaner sieht man, dass heftig diskutiert wird. Und sofort die Rechnung verlangt wird. Schon 10 Minuten später sind die Gauchos, unter dem neugierigen Blick der anderen Besucher, verschwunden.

Es ist Mitternacht, aber für Ibiza die Zeit, wo der Ausgang erst beginnt. Roberto will Paul noch das Mekka der bösen Buben, das Lío, zeigen, aber Paul winkt ab. „Lass uns morgen früh weitermachen. Gehe um sieben morgens mit José und einem Team zum Tatort. Du weißt ja: Wo die Tat war, war auch der Täter. Und hinterlässt seine Aura, ob er will oder nicht."

Die Nacht gehört den Schlechten, es schlafen die Gerechten.
In ihren weichen Betten – und keiner wird sie retten.

7.
Dienstag, 24. Mai, frühmorgens – Von Düften und anderen Genüssen

Die Nacht im Montesol ist leise, dank doppelt verglasten Fenstern. Paul telefoniert nicht mehr, schreibt nur noch ein paar Threema Nachrichten und schaut auf den Hafen hinunter. Äußerst lebhafte Kulisse, auch jetzt, zwei Uhr nachts. Aber alles sieht sehr unschuldig aus. Wie ein Vulkan, der nur ein bisschen raucht.

Paul döst ein, ist aber problemlos um halb sechs Uhr morgens wach. Beim Blick aus dem Fenster sieht er, dass mehr menschliche Reste des letzten Tages unterwegs sind als Beginner eines neuen Tages.

José holt ihn pünktlich ab, auf dem kurzen Weg – zehn Minuten – zum Tatort sprechen sie über den Vorfall im Cipriani. José glaubt nicht, dass die Gauchos in den Mord direkt verwickelt sind: „Wir beobachten die ziemlich gut. Das sind Kokshändler, da warten wir noch, bis sie einen Fehler machen. Aber wir haben bislang keine Anhaltspunkte, dass Pascal Rach an Drogendeals beteiligt ist. Der ist Witwenschüttler und investierte in Immobilien. Und vielleicht ist er Geldwäscher. Aber, naja, wer kennt die Seelen der Menschen wirklich."

Am P 2 angekommen, lassen sie sich von dem Hausmeister ans Apartment von Pascal Rach führen. Es ist versiegelt und die Tür offensichtlich nicht aufgebrochen. Auch Fenster und Balkontüren sind sauber. „Der Täter ist also von Rach selbst eingelassen worden, das scheint klar“, stellt José fest. Er hat einen Kollegen die Überwachungsvideos vom vorgestrigen Tag prüfen lassen. Nichts Auffälliges; allerdings sei Rach zwar am Morgen um neun beim Verlassen gefilmt worden, als er in sein Frühstückscafé ging, aber es gibt keine Aufnahmen vom Wiederkommen.

Als Paul die Wohnung betritt, ist das erste, was ihm auffällt, ein angenehmer Geruch. Dann sieht er sich um. Die Wohnung ist schwäbisch-spartanisch eingerichtet; die offene Küche ist mit modernsten Geräten bestückt. Aber alles sieht unbenutzt aus. Alles, was für die persönliche Gemütlichkeit zugekauft wurde, auch die Kunst an der Wand, ist geschmacklos. Allerdings ist die Technik im Apartment vom Feinsten: Fernseher, Computer, Audioanlage. Am Computerplatz steht nur noch der Bildschirm. „Das Gerät selbst, dazu ein Laptop und ein 2. Handy sind zur Auswertung auf dem Revier“, erklärt José. „Das einzige Gerät, das der Täter zerstört hat, ist das Handy. Von ihm gibt's nur noch Bruchstücke. Aber wir lassen über den Provider ein genaues Profil der Bewegung und der Anrufe der letzten Tage erstellen. Dauert allerdings noch etwas.“

„Wie war Pascal Rach bekleidet, als er gefunden wurde?“, will Paul wissen.

Josés Antwort kommt schnell und überrascht ihn: „Er hatte nur Boxer Shorts an.“

Paul schnüffelt erneut in der Wohnung; er meint, letzte Reste eines teuren Parfüms zu erkennen; eines Damenparfüms, das er zu kennen glaubt. Er geht noch in das großzügige Badezimmer mit offener Dusche, einer Badewanne mit Whirlpool, offenen Regalen mit allerlei Badezimmer-Utensilien, rosafarbenen und goldenen Kacheln, fast etwas feminin. Paul testet die verschiedenen Flacons, kann aber den eben erlebten Duft aus dem Wohnzimmer nicht wiederfinden.

Immer interessant: Die Hausapotheke. Für einmal nicht im Badezimmer, sondern in einer geräumigen Schublade an der offenen Küche: Alles, was hypochondrische Männer so brauchen. Blutdrucksenker, Cholesterin Regulatoren, Aufputschmittel, Abputschmittel, auch Cialis und Viagra in Hundert-Pillen-Anzahl, jegliche Medikamente gegen Erkältungen, Verstauchungen, Magen-Darm. Sogar edle Pariser, mit und ohne Noppen. Verschiedene Medikamente gegen verschiedene Allergien. Abführmittel und sogar eine Klyso-Pumpe für Darmspülungen. Aber sowas kann man kaum allein einführen.

Sie unterhalten sich mit den drei Security-Mitarbeitern der Anlage nach der Wohnungsbesichtigung. Rach war einer der wenigen Dauerbewohner von P 2, darum kennen sie seinen Lebenswandel recht gut. In den letzten Jahren wohl keine feste Freundin, aber einmal die Woche Escort-Girls aus dem Laden neben dem Keeper, einmal wöchentlich Home-Massage von einer Lady aus Estland und einer der Männer meint, auch mal von seiner deutschen Schwester gehört und diese auch gesehen zu haben. „Aber Rach hatte keine Schwester", murmelt Paul vor sich hin. Der Security Mann, der am Tag der Ermordung Dienst hatte, versichert, dass er rund ums Haus nichts Verdächtiges bei seinen Rundgängen gesehen hatte. Und er kann sich auch nicht erinnern, Pascal Rach in den Mittagsstunden gesehen zu haben.

„Morgens ist er raus, da hat er noch gewinkt, und dann war er plötzlich tot in seiner Wohnung. Es tut mir leid."

„Und wie kommt man in die Anlage rein, wenn man nicht durchs Haupttor geht?"

„Die Bewohner haben eine Karte für die Garage oben an der Straße; die Karte geht auch bei den weiteren Ausgängen zum Meer hin. Alles kameraüberwacht. Aber wenn du oben die Garage zu Fuß betrittst, sieht die Kamera das nicht. Die erfasst nur die Autos bei der Einfahrt. Wir haben schon geschaut. Senior Rach ist nicht erfasst gestern; aber das ist nicht ungewöhnlich, weil er, aber auch die anderen Bewohner, gern über die Garage reingehen, wenn sie im oberen Ortsteil was zu erledigen haben."

Paul geht der Duft des Damenparfüms nicht aus der Nase. Es scheint ihm, dass er den Duft in seinen Stunden auf Ibiza schon einmal gerochen hätte.

Wer die Gerüche beherrscht,
der beherrscht die Herzen der Menschen.

8.
Dienstag – Frische Brötchen

Morgenstunden sind für Leute wie Pascal Rach die routiniertesten, weiß Paul. Der Tag hat noch nicht richtig begonnen, man lebt allein, also baut man sich eine Routine auf, die gleich aussieht. Joggen, oder Kaffee kochen, oder zum Bäcker fahren, oder in seinem Stammfrühstücks-Café sitzen. Pascal Rach ging morgens in das Café einer „Deutschen Bäckerei" (Café Aleman) in Jesus, keine zwanzig Minuten Laufweg von seiner Wohnung. Das hat der Hausmeister erzählt und so tut es Paul Lincke ihm nach. Er geht strammen Schrittes entlang der „Calle Jesus", vorbei am Hotel OD Talamance, vorbei an den Ferienhäusern am Hügel rechts und vorbei an dem gefährlichen Kreisverkehr, der hoch zum Destino Pacha führt. Links geht es jetzt zum Porto und zum Eingang des Hotels NOBU, doch Paul geht weiter geradeaus in den Ortskern von Jesus, wo das Café Aleman auf einer Terrasse unter anderem, wie ein Schild zeigt, Filterkaffee und desayuno aleman (gekochtes Ei, Schrippe, Butter, Himbeermarmelade) anbietet.

Seine Aufpasser sind ihm im weißen Seat gefolgt und warten. Die tagesaktuelle BILD und eine FAZ von gestern liegen bereit. BILD, titelt auf der Rückseite: „Rach-Mord lässt Ibiza zittern um die neue Saison. Zwei weitere junge Tote auf der Party Insel. Von Paul Rosen." Paul kennt den Autor von anderen Fällen; Rosen ist also auch auf der Insel. Die Leute von BILD sind immer fix vor Ort.

Und selbst in der gestrigen FAZ gab es einen Artikel über den Rach-Mord auf der Panoramaseite. Diesmal aber von dpa, der Nachrichtenagentur.

Eine sehr hübsche deutsche Frau, um die vierzig, Typ Ossi-Yogalehrerin, fragt Paul nach den Wünschen. Er äußert sie nicht, sondern bestellt Café con leche und, jawohl, desayuno aleman. Sie grinst frech bei der Bestellung.

Es sind noch neun weitere Gäste auf der Terrasse und drei an der Theke. Eine Angewohnheit, ein Zwang von Paul, in Gasthäusern immer zu zählen, wie viele Leute gerade da sind. Als die Kellnerin (sie ist, wie sich herausstellt, die Besitzerin) das gute deutsche Frühstück bringt, verwickelt sie Paul in ein kurzes Gespräch.

Paul wählt den direkten Weg und fragt sie auf Spanisch: „Kannten Sie den Pascal Rach? Er soll hier immer gefrühstückt haben..."

„Warum, Senior, wir sprechen nicht über unsere Gäste."

Das Stichwort für Paul, um auf seine Beamtenautorität und die deutsche Sprache zurückzugreifen. „Das ist sehr gut. Aber Sie wissen sicher, dass er ermordet wurde vor zwei Tagen. Ich bin von der deutschen Polizei und soll herausfinden, warum. Und er hat wohl oft hier gefrühstückt und vielleicht wissen Sie, mit wem er Umgang hatte?"

Die hübsche Besitzerin gibt sich immer noch hartnäckig und noch dazu lustig. „Deutsche Polizei auf Ibiza. Das glaube ich nicht..., warten Sie, ich muss andere Gäste bedienen, aber ich komme wieder."

Sie geht, bedient flott zwei weitere Tische, ruft ein junges Mädchen aus der Backstube zum Helfen und setzt sich dann wieder an Pauls Tisch.

„Dann haben Sie sicher einen Ausweis oder sowas? Wie im Fernsehen eben", fragt sie spöttisch, aber nicht uninteressiert.

Sie schaut dabei Paul offen in die Augen, was ihn fast verlegen macht. Sehr keck, die Dame, denkt er, sehr reizend auch. Er legt ihr den Interpol-Ausweis auf den Tisch, verschwörerisch. Sie schaut beeindruckt.

„Na, das sieht ja ganz echt aus." Wieder sehr spöttisch. „Dann gehören die Guardia-Leute da draußen zu Ihnen. Ich dachte schon, die wollten meine Bäckerei überprüfen."

Paul schaut zur Straße, wo seine zwei Bodyguards parken.

„Gut beobachtet. Die passen diesmal auf mich auf, dass ich nicht verloren gehe auf Ibiza. Kannst du dem Mädchen sagen, sie soll ihnen zwei Kaffees und Ensaïmadas bringen? Oh, Entschuldigung, ich meine Sagen Sie..."

„Kannst ruhig DU sagen, das machen alle Deutschen auf der Insel untereinander. Und ja, ich heiße Susi und mir gehört der Laden seit zwölf Jahren."

Susi gibt ihrer Kellnerin die Anweisung.

Dann erzählt sie: „Also, Pascal war tatsächlich Stammgast. Und ich habe natürlich gelesen, dass er tot ist. Wenn er bei mir war, war er eigentlich immer allein. Hat die deutschen Zeitungen gelesen und zwei Huevos Fritos mit Speck gegessen. Wir haben übers Wetter oder Immobilien oder so geredet. Hat manchmal versucht zu flirten..."

Susi schweigt, aber Paul scheint es, als habe sie noch etwas anfügen wollen. Bevor er fragen kann, winken die Guardia Leute draußen, danken, aber wollen wohl auch weiter, weil um elf das Verhör mit den Südamerikanern ansteht.

„Danke dir sehr für die Offenheit. Ich muss weiter. Aber ich würde mich gerne weiter mit dir unterhalten. Kann ich eine Karte vom Café bekommen, dann würde ich mich wieder melden, wenn das für dich ok ist."

„Der deutschen Polizei helfe ich gerne", meint Susi ironisch, „und dem Herrn Detektiv ganz besonders."

Jetzt fährt Paul mit den Kollegen die drei Kilometer bis zum Gebäude der Hafenbehörde in Botafoch, wo die Südamerikaner einbestellt sind.

Die beiden Kokshändler sitzen brav in Robertos Chefbüro, als Paul und einer seiner Aufpasser dazukommen.

Roberto gibt den Tarif durch und die Gäste sind heute recht friedlich.

„Auf unserer Insel trägt man keine Waffen im Ausgang, wenn man keine Erlaubnis dafür hat", erklärt er. „Und der diplomatische Status, den Sie angeben, wurde von der kolumbianischen Botschaft in Madrid nicht bestätigt. Bislang. Aber wir wollen natürlich, dass unsere Gäste sich wohlfühlen bei uns. Und Sie haben ja ein schönes Boot aus Barcelona mitgebracht und einen schönen Liegeplatz bei uns..."

Der südamerikanische Drogenhändler unterbricht: „El Gringo aléman tiene también una pistola", aber Roberto fährt gelassen fort: „El Gringo aléman hat weltweit die Erlaubnis, eine Pistole zu tragen. Fast so wie James Bond", lächelt er verbindlich in die Runde. „Nun, ich gebe Ihnen die Pistole zurück, bitte Sie aber, diese auf dem Schiff sicher zu verwahren und nicht mehr im Ausgang dabeizuhaben. Aber jetzt mal zu Ihrer Beziehung zu Pascal Rach; der ist schließlich tot und nicht ganz freiwillig." Roberto schaut den Dealer kalt an und wartet.

„Ich kenne diesen Rach nicht wirklich. Jemand hat uns nach der Ankunft hier im Hafen – ihr wisst ja genau, wann wir angekommen sind, haben uns ordentlich angemeldet – vor vier Wochen seine Nummer gegeben, weil wir eine feste Bleibe suchen ... gesucht haben. Wir haben uns dann ein paar Mal in der Trattoria del Mar im Hafen und einmal später im Cipriani getroffen, mehr war nicht."

„Aber dann streitet man doch nicht lautstark, wie sie es getan haben vor drei Wochen...."

Der Südamerikaner braust auf. „Er hat versucht, uns reinzulegen. Hat uns ein Haus angeboten, wo wir 30 Tausend im Monat hätten zahlen sollen. Mitten auf der Insel, ohne Schutz; und die Vermittlungsgebühr hat er schon kassiert."

„Das zahlt man hier im Sommer durchaus", bleibt Roberto gelassen. „Das wissen Sie auch. Da muss doch noch mehr Missverständnis gewesen sein. Aber gut. Sie sagen also, Sie haben mit dem Mord nichts zu tun. Bueno. Dann, denke ich, sind wir hier erstmal fertig und Sie können gehen. Was meinst du, Pablo?"

„Naja, mich würde schon noch interessieren, entschuldigen Sie, sind Sie denn zum Ferien machen hier, oder Business, oder zum Heiraten, wie es viele tun?"

„Vacaciones, nichts als Vacaciones. Ein schönes Klima hier, finden Sie nicht? Also, wir würden jetzt gehen."

Roberto reicht dem Chef die Pistole, entladen natürlich. Der gibt sie seinem Wachhund weiter und verlässt grußlos die Behörde.

„Na, der war ja ganz friedlich. Dafür, dass die kolumbianische Botschaft in Madrid tatsächlich bestätigt hat, dass er Diplomat sei. Bei der amerikanischen Drogenbehörde DEA wird er dagegen als einer der zehn wichtigsten Drogengroßhändler Kolumbiens geführt; soll für sich und seine Leute fast eine Milliarde Dollar umsetzen im Jahr. Wir werden ihn nicht aus den Augen lassen, diesen lustigen Drogen-Diplomaten..."

Was Roberto erst später unter vier Augen Paul erzählt: Die Pistole wurde mit einem Chip versehen, um immer zu wissen, wo sich die Burschen aufhalten.

Willst du die Bösen jagen,
dann musst du die Guten fragen.

9.
Dienstagnachmittag – Das Meer und die Sonne

Paul bespricht sich mit Roberto im Café Mar y Sol. Der Tod von Rach scheint für die Unterwelt von Ibiza ziemlich unwichtig. Ein Betrüger, klar, das war Rach, aber zu klein, um im ganz großen Business mitzuspielen. Vielleicht ein Beziehungsdelikt; und wo ist das Handy des Getöteten? Da findet man doch heute alles, richtig?!

Natürlich hatten Robertos Kollegen das zerstörte Smartphone bereits gecheckt; aber sie konnten zunächst mit den Hunderten von Namen und Nachrichten und wenigen Bildern aus der Cloud wenig anfangen. Roberto und Paul waren vom Hafen aufs „Revier" gefahren, nach Ibiza Stadt. Und Paul hatte unterwegs mit seiner schönen Erika gesprochen, die am Morgen begonnen hatte, die Leichen in Mallorca zu obduzieren. Erika freut sich richtig, diese in der Stadt Palma zu beschauen. Und es sind schöne Körper, herrliche Männerkörper. Leider mausetot.

Paul lässt auch seine BKA-Kollegen in Wiesbaden alle Namen aus der iPhone Cloud und alle Nummern abgreifen. Bald fällt auf, dass Pascal doch häufig für einige Tage in Deutschland war, immer in Frankfurt im Steigenberger Frankfurter Hof. In der ‚Autorenbar', dort scheint er sein Deutschland-Office gehabt zu haben. Im iPhone-Kalender standen jeweils nur Name, dann AB (Autorenbar?) und Zeitpunkt. Es waren zahlreiche Meetings vereinbart. Seltsam, da die Atmosphäre dort offen und intellektuell ist. Anders, als es für Pascal Rach zutrifft. Blumenkleider, gemusterte Stoffe, laute Diskussionen dominieren. Dazu der alte Charme einer gewachsenen Gran-Hotel-Bar, die während der Buchmesse im Oktober ihre besten Zeiten feiert. Ein Icon. Und ja, gerade während der letzten Buchmessen schien Pascal dort einquartiert und verbunden gewesen zu sein. Ein plumper Betrüger als heimlicher Intellektueller. Passt nicht.

Wiesbaden ist nahe an Frankfurt, und Paul bittet einen Kollegen vom BKA, am Abend mal in der Autorenbar vorbeizugehen und die Kellner und Bartender nach Pascal Rach zu fragen. Er selbst geht in sein Hotelzimmer. Um 15 Uhr ist die nächste Pressekonferenz der Staatsanwältin und der Nationalpolizei, wo sie die ersten Auswertungen der Obduktionen der drei Todesfälle bekannt geben. Erika ruft aus Palma an.

– Hi James (er hasst es, wenn sie ihn James nennt). Was machst du gerade?

– Ich bin im Hotel: ich dusche und gehe nachher zur Pressekonferenz der Staatsanwältin. Ich glaube, sie will schon Obduktionsergebnisse bekannt geben. Etwas früh, oder? Was hast du denn bei den drei Leichen gesehen?

– Ja, leider haben sie mir die beiden schönen jungen Männer nur kurz gegeben. Die spanischen Kollegen scheinen fertig zu sein und irgendwie scheint mir, dass es doch nicht mehr so recht ist, wenn da eine Deutsche rumfummelt. Erst waren sie am Morgen sehr kooperativ, aber jetzt haben sie neue Anweisungen.

– Wie meinst du das?

– Sie sagen, dass die Familien der beiden jungen Leute keine weitere Obduktion wollen und von einem Unfall oder Freitod ausgehen; jedenfalls ohne Fremdeinwirkung. Der Fall soll wohl schnell abgeschlossen werden. Ich konnte jetzt auch nicht erkennen, ob da Druckstellen oder Kampfspuren oder Kratzer waren.

– Und bei Pascal Rach?

– Den geben sie mir noch; habe vorhin grad nochmal alles gecheckt. Der ist klar erstochen worden. Aber fast chirurgisch. Würde sagen, muss eine Ärztin oder eine kräftige Krankenschwester gewesen sein; die Stelle zwischen den Schulterblättern musst du genau kennen, um mit einem schlanken Messer so präzise zum Herzen zu kommen. Das Herz hat entsprechende Einstichsmerkmale, er ist also daran gestorben. Ich habe trotzdem einen Bluttest auf alle möglichen Substanzen in Auftrag gegeben. Bei Drogen sind die hier perfekt ausgerüstet.

– Na, du Schöne. Du bist auch schon woke. Könnte wohl auch ein Arzt oder ein Krankenpfleger sein, nicht?

– Ja und nein. Männer sind meist grobschlächtiger. Und ich würde tippen, dass der Täter ihm, oder Rach sich selbst, sein T-Shirt ausgezogen hat. Sieht mir nach Liebesspiel-Vorbereitung aus. ‚Ich kraul dir den Nacken' oder sowas. Da seid ihr doch besonders empfänglich, meine Herren. Und dann hat er beziehungsweise sie zugestochen.

– Möglich wäre es; dann müsste er die Mörderin über die Garage ins Haus mitgenommen haben, ohne dass die Wachen es mitbekommen haben. Aber sie muss dann auch noch unbemerkt verschwunden sein; das ist in der Wohnanlage nicht so einfach. Schöne, was machst du jetzt noch in Palma: Kommst du rüber nach Ibiza, um mir zu helfen? Ich hätte ebenfalls Lust auf eine Nackenmassage. Lass aber deine Seziermesser zuhause.

– Gerne käme ich, James. Aber ich muss am Abend zurück; mein Flieger geht um 19 Uhr nach Köln. Ich schaue mir Rach nochmals genau an, und schreib dann einen Bericht. Beeil dich mit den Ermittlungen; vielleicht funktioniert es noch mit den Urlaubstagen an Pfingsten...

– Wenn es so ist, wie du sagst, dass die Spanier das Ganze so schnell als möglich erledigen wollen, damit es keine weiteren Wellen schlägt... Mal sehen. Dann gibt's aber eine Massage im Urlaub! Ich bin gespannt, was die Staatsanwältin so der Presse erzählt. Und du, melde dich, wenn du in Wiesbaden bist.

Recht pünktlich um 15 Uhr beginnt unter Anwesenheit von etwa 20 Journalisten, darunter aus Deutschland Paul Rosen von der BILD-Zeitung, die Pressekonferenz. Die Staatsanwältin, ihr Stellvertreter und José von der Nationalpolizei auf der Bühne; Roberto und Paul im Publikum. Zwei Kamerateams, mehr nicht. Paul wundert sich, dass das Interesse an den Toten schon drei Tage nach ihrem Ableben so gering ist. Da scheint die PR-Abteilung der Insel und von De Matutis gute Arbeit geleistet zu haben, um das Ganze nicht hochkochen zu lassen. Und ja, auch die Frau Staatsanwältin hat nur ‚gute' Nachrichten für die Welt.

Die Obduktion in Palma habe eindeutig ergeben, dass die beiden jungen Männer ohne Fremdeinwirkung, wohl unter Drogen stehend, von ihren Balkonen gefallen seien. Keine Druckstellen am Körper, keine Kampfspuren. Im Falle des französischen jungen Mannes, Alan, sei sogar Selbstmord wahrscheinlich. Es wurde eine Art Abschiedsnachricht an seine Freundin auf dem Handy gefunden; mehr wolle und könne sie bei einem Suizid nicht sagen. Und der junge Engländer war wohl im Vollrausch, etwa 2 Promille seien gemessen worden, er dürfte auf der Balustrade unglücklich gestolpert sein. Leider seien solche Todesfälle auf den Balearen immer mal wieder zu verzeichnen. Beide Fälle würden noch weiter untersucht.

Der Deutsche Pascal Rach sei aber eindeutig ermordet worden, das stehe fest. Es dürfte sich um eine Beziehungs- oder Rache-Tat handeln, wo das Opfer gezielt ausgesucht wurde. Die Kollegen der Nationalpolizei seien optimistisch, den Fall in wenigen Tagen zu klären. Klar sei, dass die Insel für Besucher und Touristen absolut sicher sei. Man müsse aber natürlich vor übermäßigem Alkoholkonsum und vor allem vor Drogen warnen.

Insgesamt sei es eine zufällige Sache, dass da jetzt drei ungewöhnliche Todesfälle an zwei aufeinanderfolgenden Tagen zu verzeichnen seien. Man könne sicher sein, dass damit für das Jahr keine weiteren Gefahren bestünden. Das lehre schon die Statistik. Durch zusätzliche Ordnungsmaßnahmen dürfte Ibiza jetzt das sicherste Urlaubsziel in Europa sein.

Paul staunt über diese Werberede. Er versucht, im Blick von Roberto etwas lesen zu können. Aber der schaut freundlich zur Staatsanwältin und nickt zufrieden.

Es gibt einige Nachfragen, vor allem von den englischen und deutschen Journalisten, misstrauisch wie immer, ob wirklich alles so sauber sei; aber José und die Staatsanwältin bleiben verbindlich und optimistisch. Ibiza, das weiße Paradies im Meer.

Ein Schelm, der Böses dabei denkt.

10.
Dienstagabend – Entspannte Spuren

Irgendetwas muss im Hintergrund passiert sein. Da ist sich Paul sicher.

Roberto Ruiz verabschiedet sich schnell von ihm, weil Konferenz mit dem Regierungschef. Paul kann nur noch Kommissar José für ein Nachgespräch auf die Seite nehmen.

„Ist das denn alles schon so klar, mit den beiden Jungs? Die kannten sich doch und haben hier doch letztes Jahr schon einiges gedreht?“

„Oh Paul, das haben Sie missverstanden. Die waren wohl wirkliche Touristen; wir haben nichts anderes festgestellt. Und die Abschiedsnachricht an die Freundin von Alan sagt einiges. Wir können erst einmal völlige Entwarnung geben. Nur bei Rach wissen wir noch nicht genügend, was passiert ist. So wie es aussieht, war er in ein paar merkwürdige Sachen verstrickt, Immobilien, vielleicht Drogenhandel, wohl auch Schulden. Aber auch seine privaten Beziehungen zu Prostituierten und Zuhältern. Ich denke, das können wir gemeinsam bald aufklären. Wichtig ist ja, dass der Tote in Deutschland, der Schweiz und in England und Frankreich nicht besonders wichtig genommen wird.“

„Wie das?“, fragt Paul. „Der steht doch in allen Medien, warum sollte der Mord nicht besonders beachtet werden?“

José winkt ab. „De Matutis hat mir vorhin gesagt, dass die Buchungszahlen gestern und bis heute Mittag völlig unverändert sind. Sogar ein bisschen gestiegen, wegen der häufigen Nennung von Ibiza als Partyinsel. Er hat ja befürchtet, dass die Saison kaputtgehen würde, wie damals bei den Kessler-Zwillingen. Aber jetzt ist er sehr beruhigt. Er lädt Sie Donnerstagabend in seine Finca nach Santa Gertrudis zum Abendbrot ein."

Während Paul nachdenkt, fährt José fort: „Kann ich meine Leute als Bewacher abziehen? Es besteht keine Gefahr mehr, scheint mir. Und so können Sie sich unauffällig bewegen. Übrigens, wenn Sie ein Auto haben wollen, können wir Ihnen einen neutralen Dienst Seat geben, ich zeig Ihnen, wo er steht."

Paul ist überrumpelt, dass jetzt plötzlich alles so normal sein soll. Aber natürlich nimmt er das Angebot für den Wagen an; immerhin hat er so einen Parkplatz inmitten von Ibiza Stadt auf dem Polizeigrundstück. Fast mehr wert als ein Ferienhaus.

Er fährt am Abend nochmals zu der Anlage, wo der Mord geschah. Geht aber nicht rein, schaut sich die Umgebung an. Unten ein weißes, üppiges Restaurant am Meer, Sa Punta, wo er an der Bar ein Bier trinkt und aufs Meer blickt. Wenig los in der Vorsaison vor Pfingsten. Er fragt den Barmann, ob er die Leute von der Anlage oben kennt. Der gibt sich sehr verschlossen, auch als er ihm ein Bild von Pascal Rach hinlegt. „Kenne ich nicht", meint er, und seine Augen lügen.

Lincke führt dann auch noch am Café Aleman vorbei; doch das Café hat ab 18 Uhr geschlossen. Morgen, denkt er, komme ich ganz sicher. Der Kaffee ist gut.

Friedlich ist der Abend in den Tagen vor Pfingsten, auch in Ibiza Stadt. Es ist wie bei einem Tsunami, wenn die Wellen erst noch kommen...

Wenn es allzu still ist auf der Erde.
Kannst du den Knall schon hören.

11.
Mittwoch, 25. Mai – Ein Date

Paul weiß nicht so recht, wie er weiterkommen soll.

Er fragt José, der mit Pauls früheren Bewachern zum Frühstück ins Montesol gekommen ist, wo sich denn die zugereisten Leute, so wie Rach, abends so treffen.

„Ja, wir schauen immer zuerst ins Lío oder drum herum, Marlin Bar, Keeper. Das Gebäude des Nobu Hotels gehört auch dem Golden Dream Team, auch wenn die Nobu-Kette, die ja mit Robert de Niro zu tun hat, das Hotel bespielt. An der Bar dort sind die schönsten Escorts der Insel; und die haben oft mehr drauf als nur die Lippen zu schürzen." José spricht spanisch, und Paul hat erst Mühe, den letzten Satz zu verstehen.

„Kann ich da einfach so rein?"

„Im Lío brauchst du eine Reservierung; ich lass anrufen, dass du einen Platz zumindest an der Bar bekommst. Da überblickst du alles von der Show und den Zuschauern. Der Chef heißt Ulysses."

„Lass uns für zwei Personen reservieren. Ich will vielleicht jemanden mitnehmen, damit es unauffällig aussieht..."

„Kein Problem, wenn sie Zeit hat, kommt sie sicher gerne mit. Die Show fängt aber schon um halb zehn an; später ist da dann Luxusdisco."

„Wir sehen uns“, verabschieden sich die Polizisten.

Wie meint er das, „wenn sie Zeit hat, kommt sie sicher gerne mit…“? Die Jungs der Policia National überwachen wohl nicht nur die Bösen, sondern auch die Kollegen aus dem Ausland.

Es ist jetzt zehn Uhr morgens, das Café Aleman hat Hochbetrieb. Paul muss dort dringend anrufen. Er sucht die Nummer auf der Karte. „Ist die Chefin da, hier ist Paul aus Deutschland“. Das Mädchen im Café antwortet mit *espera*, und Susi kommt ans Telefon.

– Hier ist Paul Lincke von gestern Morgen. Der Bundes-Polizist. Hast du heute Abend Zeit für einen spontanen Lío-Besuch? Ich falle da auf, wenn ich allein als Mann reingehe…

– Im Lío fallen einsame Männer nicht auf, mein lieber Detektiv. Im Gegenteil, sie sind schneller in guten Händen, als sie schauen können.

– Naja, aber das will ich ja nicht. Ich will mit einer anständigen, hübschen Frau unauffällig schauen, was dort so läuft. Und da du eine Bekannte von Rach bist, willst du doch sicher auch helfen, den Mörder zu finden?

– Nun gut, überredet, auch wenn mich Rachs Mörder nicht so interessiert. Der wird schon seine Gründe gehabt haben.

– OK, schöne Frau. Ich hole dich im Café ab. Du wohnst doch oben drin? Ich muss noch ein paar Recherchen machen bis dahin. Um acht Uhr. Und jetzt sag mir noch, was ich in der Stadt zur Aufklärung anschauen sollte?

– Geh ins neue Hotel *The Standard* am Hauptplatz, und direkt in die Lounge. Gleich neben dem Montesol. Da treffen sich die wichtigsten Ausländer tagsüber. Schlau und doof, Gut und Böse.

– Danke dir. Ich freue mich sehr, dass du heute Abend so spontan mitkommst.

Das Date mit der schönen Bäckerin beschwingt Paul. Er geht heiter vom Montesol die *Avinguda d'Espanya* hinunter bis zum *Paseo Vara de Rey*, wo auch das Standard Hotel liegt. Die Lounge des Standards und der Außenbereich am Paseo sind nur mäßig gefüllt und die Besucher scheinen ihm eher reiche Nerds zu sein als zwielichtige Gestalten. Die meisten Jungs sind übergewichtig, alle sitzen vor Handys oder Laptops. Keiner schaut auf den anderen, geredet wird schon gar nicht. Und auch der Tisch mit den drei jungen Frauen neben ihm ist in tiefes, handygestütztes Schweigen gehüllt.

Da sind die munter plappernden einheimischen Frauen, die den Paseo begehen, eine wohltuende Geräuschkulisse. Ein Leben im Netz, ist das ein Leben? Paul ist mit 44 Jahren jung genug, um sich auch nicht mehr daran zu erinnern, wie es sich ohne Internet, Blockchain und Smartphone angefühlt hat. Das Kind seiner Schwester – Paul hat eine fünf Jahre jüngere Schwester, die in Berlin lebt – ist zehn Jahre alt und kriegt regelmäßig einen Schreianfall, wenn man ihr das Handy für ein paar Minuten wegnimmt. Ein liebes, wohlerzogenes Kind; eine Furie, wenn es um sein elektronisches Rechteck und dessen Wunderwelten betrogen wird.

Plötzlich setzt sich ein Mann an seinen Tisch, grinst ihn an, begrüßt ihn mit „Hallo Paul". Er hatte ihn beim Herankommen nicht bemerkt. Wie leichtsinnig, lieber Pablo.

„Paul Rosen, was machst du hier? Also ich weiß natürlich, was du machst. Wir haben uns, glaube ich, das letzte Mal in Dänemarkgesehen, als wir die Kinder von Brigitte Block rausgeholt haben."

„Ja, genau, Pablo, ich nenn dich mal so hier in Spanien. Sonst verwechseln wir uns noch. Aber was machst *du* hier, frage ich dich... ein deutscher Toter im Ausland scheint einen lebendigen Pablo vor Ort zu bedeuten." Paul Rosen setzt einen verschwörerischen Tonfall auf und spinnt seinen Gedanken weiter: „Jetzt habt ihr Rach ja endlich los: Wenn ich nicht wüsste, dass das BKA sowas nicht tut, würde ich euch verdächtigen, ihn beseitigt zu haben. Hilfst du den Spaniern wieder, den Fall zu klären?"

„Ja und nein. Ist eine deutsche Leiche, da müssen wir schon ein Auge darauf haben. Aber das würden wir auch, wenn dir das passiert wäre."

Rosen lacht. „Das ist ja nett vom BKA. Aber ich verzichte erstmal auf so einen Abgang, wenn möglich. So, jetzt sag mir, was wirklich los ist. Butter bei die Fische... Die BILD-Leser wollen Herz, Tod, Beziehungsdrama, Promis. Das, was die Staatsanwältin erzählt hat, ist ja eine reine PR-Show für Ibiza."

„Kann man als Journalist so sehen. Ehrlich, ich weiß nicht viel mehr was Rach betrifft. In den Jahren, in denen er hier lebt, ist er angeblich nie den Behörden besonders aufgefallen. Er hat Immobiliengeschäfte gemacht, irgendwelche Escort-Gils gevögelt und ist regelmäßig nach Frankfurt geflogen. Er hat teuer gelebt, also muss er neue Geldquellen haben. Wir suchen das Motiv."

„Naja, die beiden toten Jungs, die da vom Balkon gesprungen sein sollen, scheinen die Ibizenkos nicht sonderlich zu interessieren. Das wäre ein großer Zufall, wenn zwei Freunde an zwei entfernten Orten fast gleichzeitig vom Balkon springen, oder?"

Paul Lincke muss aufpassen. Woher weiß Rosen wieder, dass die zwei Spring-ins-Feld Freunde waren? Er sagt dazu erstmal nichts.

„Ich bin nur für den Rach-Fall hier“, entgegnet er stattdessen. „Beim anderen vertraue ich den Spaniern; geht uns vom BKA auch nichts an. Pascal Rach schon; und da wollen wir bald eine Lösung haben. Du kannst übrigens schreiben, dass der Rach-Mord sehr präzise ausgeführt wurde. Es muss ein Profi sein, der so zustechen kann. Und wahrscheinlich auch sehr vertraut mit Rach; denn es gibt keine Kampfspuren. Scheint nicht damit gerechnet zu haben, dass die Täterin zusticht.“

Paul Rosen wird hellhörig. „Eine Frau, ist das sicher?“

„Nicht ganz, aber dafür, dass er nicht schwul war, hat Rach den Täter doch sehr nahe ohne Misstrauen an sich herankommen lassen. Er hatte wohl nur noch Shorts an, als er von hinten den tödlichen Stich bekam.“

Paul Lincke erzählt dem Reporter bewusst diese Spekulation; er hofft, dass Rosen es so schreibt, um den Täter oder die Täterin zu verunsichern. Allerdings, ob sie beziehungsweise er die BILD-Zeitung liest, ist dann doch ungewiss.

„Schreib aber nicht, dass das BKA hier ermittelt, bitte. Da muss ich mich drauf verlassen können. Wie lange bist du noch hier?“

„Höchstens bis Freitag noch: Die Rach-Geschichte läuft jetzt schon nicht mehr besonders; unsere Leser mögen es dem Typ eher gönnen. Dieser Mord bringt kaum mehr Clicks, und Auflage schon gar nicht. Wenn die unsägliche Amira dem schrecklichen Pocher, zwei Klone der Bild-Zeitung, beim Baden in die Eier tritt, wäre das für unsere Leser interessanter...“

„Was? Ist Oliver Pocher auch schon auf der Insel?“

„Nein, war ein Scherz. Will nur sagen: Wenn du, lieber Kollege Pablo, in unsere Schlagzeilen der BILD am Sonntag willst, solltest du mir bis übermorgen den Mörder vorstellen. Gib dir Mühe.“

Man lacht heiter; Rosen zahlt die zwei Getränke, weil er merkt, dass Paul Lincke aufbrechen will. Er hätte wohl gerne gefragt, was der Kriminaler am Abend macht. Doch das wird er durch einen Abendspaziergang versuchen, herauszufinden. Die Insel ist klein, da begegnet man sich schon. Das beste Versteck vor anderen Menschen ist in einer großen Masse Mensch.

Wenn du lange genug am Fluss wartest,
siehst du die Leichen deiner Feinde vorbeischwimmen.

12.
Mittwoch, frühabends

Paul Lincke geht in sein Hotelzimmer und schaut in seinem Laptop auf die verschlüsselten Nachrichten des BKA. Der Kollege, der die Autorenbar im Frankfurter Hof überprüft hat, schreibt ihm, dass Rach sich immer mit den gleichen zwei Männern getroffen hat. Auch immer im gleichen Zimmer gewohnt hat und sich wohl auch meist Monica von „Francort Luxus-Escort" für zwei Stunden gegönnt hat.

Seine beiden Gesprächspartner haben manches Mal auch im Hotel übernachtet; drum weiß das BKA, wer sie sind: Der Handelsattaché der syrischen Botschaft in Berlin und ein rumänischer Im- und Exportkaufmann aus Bukarest, Alex Tiriac. Er ist ein Liebhaber von Literatur und Philosophie, aber wohl auch von synthetischen Drogen, die in rumänischen Drogenlabors gekocht werden. Er wurde einmal bei einer größeren Überwachung von Händlern, die Methylendioxyamphetamin (MDA, so etwas wie Ecstasy) an ihre Laufburschen verteilen, überwacht. Auch während der Buchmesse 2023; aber es kam zu keinen Anklagen, und obwohl man annahm, dass Tiriac die Fäden zog, blieb nichts hängen. Es gibt wohl ein wissenschaftliches Werk von Tiriac, er ist auch Gastprofessor an der Universität von Bukarest, über die Geschichte der Drogenwelten in der

Philosophie der Antike. Schau mal an, denkt Paul. Ganz netter Beipackzettel zum ermordeten Rach.

Paul versucht mehrfach, Roberto zu erreichen. Er ist sicher, dass Rob mehr darüber weiß, warum die Toten jetzt so heruntergespielt werden. Aber das Handy wird nicht abgenommen. Nach dem 3. Anruf schreibt Roberto eine SMS: „Bin in einer Regierungsbesprechung. Dauert. Wir treffen uns morgen beim Frühstück oder heut Nacht noch an der Nobu-Bar, wenn bis dann Klarheit herrscht."

Regierungsbesprechung, 18.30 Uhr? Naja. Klarheit, was kann das sein? Und die Nobu-Bar, wo ist die überhaupt? Dr. Google hilft.

Bevor er sich aufmacht, Susi abzuholen, schaut er noch auf Bild.de, ob sein Vornamensvetter eine Meldung eingestellt hat. Und richtig, Paul Rosen schreibt live aus Ibiza:

Präziser Stich tötet Pascal Rach

„Der Mordfall Pascal Rach (43) auf Ibiza, der am Montag in seinem Penthaus im Komplex P Dos, auf der Halbinsel Talamanca, Ibiza, tot aufgefunden wurde, bleibt rätselhaft. Wie von informierten Kreisen auf der Insel zu erfahren ist, wurde Rach – offenbar von einer ihm vertrauten Person – von hinten mit einem Seziermesser erstochen. Es war zu keinem Kampf gekommen; er selbst war nur mit Shorts bekleidet. Deshalb geht die Polizei eher von einer Täterin aus: Diese könnte ein intimes Vorspiel genutzt haben, um im richtigen Moment zuzustechen. Das ist zunächst reine Spekulation, wie der Informant betont.

Pascal Rach ist nach einem großen Betrugsprozess vor dem Landgericht Mannheim vor fünf Jahren nach Ibiza ausgewandert. Im Prozess wurde er zum Erstaunen der Behörden und des ermittelnden Bundeskriminalamts (BKA) freigesprochen. Wovon er auf Ibiza gelebt hat, ist unbekannt. Er führte auf jeden Fall einen teuren Lebenswandel, den er scheinbar durch Makler- und Immobiliengeschäfte finanziert hat. Es sind weiterhin Privatklagen gegen ihn im Zusammenhang mit dem Betrugsfall in Deutschland am Laufen, wo ein Schaden von etwa 40 Millionen entstanden ist." (Paul Rosen)

Die Meldung ist nicht sehr prominent auf BILD Online platziert. Sie ist mit einem Bild von Rach vor dem Landgerichtsprozess illustriert, dazu eine Inselkarte mit Pfeil auf den P 2-Komplex.

Ich bin gespannt, ob die Meldung es in die gedruckte Ausgabe von morgen schafft. Scheint nicht besonders wichtig für die Deutschen zu sein, was mit Pascal Rach hier passiert ist, denkt Paul.

Er hat sich noch ein paar Dossiers kommen lassen von seinen Kollegen in Wiesbaden, bevor er sich in das Nachtleben der Insel stürzt. Er duscht sich, zieht ein weißes Hemd an und eine beigefarbene Chinohose, die er zum Glück neben seinen Jeans eingepackt hat. Dazu ein Jackett mit der unauffälligen Auspolsterung für die Glock 7. Naja, wer ein bisschen genauer hinschaut, sieht schon, dass da entweder dicke Geldbündel, ein nicht aufgegessenes Brathähnchen oder eine Glock 7 in der Brusttasche steckt.

Wer auf dicke Hose macht,
sollte den Reißverschluss der Hose zuziehen.

13.
Mittwochabend – Ein schwieriger Fall

Susi sieht spitzenmäßig aus. Sie ist 42 Jahre alt, aber alles an ihr ist jugendlich und frivol im besten Sinne. Sie hat ein weißbuntes Hippiekleid angezogen, hohe rote Schuhe und Cashmere-Overkneestrümpfe. Susi hat sich deutlich geschminkt, mit roten Lippen, die zu ihren blutroten Schuhen passen. Ihre schulterlangen Haare sind geföhnt und haben einen 70er Jahre Touch. Hippie-Hochphase eben.

Das Mädel ist stilsicher, denkt Paul, und sagt auch: „Das ist ein toller Anblick. Da kann ich nicht mithalten, da bin ich dann als dein Beschützer in der Höhle des Löwen gefragt. Bist du oft in diesem Lío?"

„Vier- oder fünfmal im Jahr, höchstens in der Saison. Nur, wenn mich ein interessanter Café-Gast überzeugt, dass ich ihn begleiten muss. War bei der letzten Dernière 2023 Ende Oktober mit Rach da. Hatte mich eingeladen. Das wirst du sowieso schon wissen von deinen spanischen Kollegen. Die waren an dem Abend besonders zahlreich vertreten."

Paul hatte das noch nicht gehört.

„Das musst du mir erzählen, wie es dazu kam. Aber jetzt lass uns feiern. Habe auch Hunger: Gibt's da was zu essen? Oder nur Show und Drinks und Kokain?"

„Das ist eine Dinner-Show. Jeder Tisch muss mindestens 300 Euro pro Person verbrauchen, aber das ist schnell zusammen. Ich hoffe, Interpol hat dir ein gutes Spesenkonto aufgemacht", grinst Susi.

„Keine Sorge, für die Gerechtigkeit gibt die deutsche Bundespolizei alles. Und die Inselgrößen wären auch froh, wenn wir den Fall bald klären. Sie fürchten um die Touristen, wie damals, bei dem Mordfall der Kessler-Zwillinge."

„Wir den Fall klären? Detektiv, das musst du schon alleine machen. Ich backe hier meine Brötchen und lasse die Finger von schmutzigen Geschäften."

Das Lío liegt an der Hafenmole vom neuen Hafen Talamanca; zwei große, grell beleuchtete Kirschen, das Markenzeichen der Pacha-Gruppe, schweben über ihm. Es ist aufgebaut wie ein zum Meer hin offenes Schiff. Als Susi und Paul sich anmelden, eilt eine der Hostessen zu einem Herrn mit schulterlangen, schwarzen Haaren. Es ist der Geschäftsführer, wie sich herausstellt, und er nennt sich Ulysses und kommt ursprünglich aus Zürich.

Paul ist über den Namen irritiert: „Pardon, Ullrich, habe ich das richtig verstanden?"

Der Inhaber schüttelt den Kopf: „Nein, Ulysses, wie der griechische Held. Wollte mein Schweizer Vater so; war Geschichtslehrer in Zürich. Schön, dass Sie uns besuchen. José hat angerufen; es ist Ihnen doch recht, wenn wir Sie an die Bühne vorne setzen? Bester Platz. Ich bin der Geschäftsführer der Pacha-Gruppe, seit wir übernommen haben vor zwei Jahren. Und mein besonderes Augenmerk gilt natürlich dem Lío. Unserem Prunkstück."

Ulysses schaut etwas verwirrt auf Susi, weil er sie wohl erkannt hat oder zumindest nicht in Zusammenhang mit dem deutschen Kommissar bringen kann.

„Madame Susi Kramer begleitet mich“, erklärt Paul. „Sie kennen sich wahrscheinlich. Sie ist auch Gastronomin. Vom Café Aleman in Jesus. Und auch manches Mal Gast bei Ihnen, wie sie mir erzählt hat.“

„Oh ja, Entschuldigung. Ich bin erst zwei Jahre auf der Insel. Man braucht mindestens zehn Jahre, um von der Insel akzeptiert zu werden. Ist es nicht so, Madame Susi?“

Ulysses begleitet die beiden zum Tisch, mittig in Zweierreihe mit schönem Blick auf die Bühne, dahinter das offene Meer und die Altstadt von Eivissa mit Burg und Hafen.

„Bestell du“, sagt Paul zu seiner Begleiterin, als der Ober die Karten bringt. „Nimm die Damenkarte, wähle aus, was du gerne hast. Für mich bitte ein Steak, medium rare und vorher Tapas...“ Kaum gesagt, kommt schon der flinke Ober wieder, empfiehlt die teuersten Sachen als Vorspeisen: Langostinos, Gambas, Trüffelcroquetten. Susi bestellt als Wein den Ibizenko Rosé von der Insel. Es ist der günstigste auf der Karte. Da winkt der Kellner gleich ab: „Ist heute leider ausgegangen. Nehmen Sie doch *Fleur de Miraval*, den hat Brad Pitt hier getrunken. Ihm gehört auch das Weingut.“ Es folgt ein giggelndes Oberkellner- Lachen.

Paul kann den Blick gar nicht von Susi nehmen. Ihre Art, ihre Stimme, ihre Bewegungen und ihre Lippen und Augen entsprechen ihm. Eigentlich ein bisschen Erika, aber brünett und weicher.

„Was schaust du so, Detektiv? Gefällt dir die Bäckerin von Ibiza, als Edel- Hippie verkleidet?“, fragt sie forsch.

„Absolut. Du bist eine schöne Frau. Aber ich will dich nicht blöd anmachen. Anschauen darf ich doch...?"

Susi berührt seinen Arm. „Du bist ziemlich direkt. Das ist gut. Aber du hast mich doch sicher eingeladen, um mehr über mich und Rach zu erfahren. Stimmt's?"

Ja und nein, denkt Paul, allerdings ergreift die Gelegenheit: „Der Kerl soll nicht zwischen uns sitzen. Erzähl mir mal, was mit dir und ihm gelaufen ist. Immerhin war er vor mir mit dir hier; zur Dernière 23. Wundert mich, dass dieser Ulysses dich nicht darauf angesprochen hat."

„Das hätte gerade noch gefehlt. Das darf er nicht. Er weiß ja nicht, ob du mein neuer Freund bist, und dann vor Eifersucht abdrehst. Ein guter Wirt muss immer diskret sein. Und Rach ist tot. Bin ich denn verdächtig?"

Inzwischen wurden die Vorspeisen aufgetragen; luxuriöse Tapas, aber alles ein bisschen zu routiniert vorbereitet. Doch Paul hat Hunger und auch Susi greift sich die Kostbarkeiten der spanischen Küche. Die Musik ist lauter geworden, auf der Bühne beginnt der erste Akt. Tänzer räkeln sich artistisch, ein Sängerpaar legt laut los. Susis Frage bleibt erstmal im Raum, denn jetzt könnten die beiden sich nur noch anschreien. Paul schaut sich um; das Lokal ist gefüllt, auch die hinteren Plätze sind besetzt. Im vorderen Bereich um die Bühne gibt es keine weiteren Zweiertische. Der wurde wohl extra für sie aufgestellt.

Sonst sind da nur Gruppen mit vier bis acht Personen, die es kräftig laufen lassen. Der Champagner ist mindestens Magnum, auch der Rotwein wird in großen Flaschen serviert. Da dürfte keine unter 2.000 Euro kosten; der Champagner deutlich mehr.

Da kommt für die Pachas doch einiges zusammen, denkt Paul. Endlich wird es ein bisschen ruhiger; auf der Bühne versuchen sich Akrobaten und Feuerspucker.

„Bin ich jetzt verdächtig, Detektiv?" Susi legt wieder ihre Hand auf seinen Unterarm, ziemlich vertraut, und lacht ihn an.

„Mal sehen, was du so erzählst. Also, schöne Susi, das Verhör beginnt: Was hattest du mit Rach zu schaffen? Warst du mit ihm zusammen, letztes Jahr?"

„Für ein paar Wochen könnte man es so nennen. Ende August hat er mich das erste Mal zum Essen in Marc's eingeladen. Ist auch bei mir im Ort Jesus. War charmant, etwas großkotzig, aber hat mir seine Geschichte mit den Start-ups erzählt und wie er das Gericht mit seinen Anwälten übertölpelt hat. Ich habe das später im Internet nachgelesen. Und so beim dritten Ausgang bin ich dann mit ihm in sein Penthaus."

„Aha, man gönnt sich ja sonst nichts. Sex?"

„Ja, schon. Das hat mir nicht gefallen; er war ziemlich grob und hat mich eher wie eine Käufliche behandelt. Ich war damals fast ein Jahr mit keinem Mann mehr zusammen, nachdem mein Bäcker, mein früherer Lebensgefährte und Geschäftspartner, mit einer jungen Lehrtochter nach Teneriffa verschwunden ist. Etwas körperliche Liebe fehlte mir schon, ehrlich. Da habe ich es erstmal so akzeptiert. Aber Rach hat sich als Narzisst rausgestellt. Hat nur von sich geredet. Seinen Deals, seinen Immobilien, seinen Ideen. Wie er die Justiz reingelegt hat. Und er war nicht mal witzig. Und so kam es zu der Dernière zwischen uns schon Mitte November letzten Jahres. Da bin ich einmal aus seiner Bude ausgebüxt, als er wieder bestimmend wurde. Er hat mir früher gezeigt, wie ich, ohne dass die Wärter es mitkriegen, aus der Anlage komme. Einfach am unteren Tor unter der Kamera vorbei. So bin ich verschwunden, als er auf der Toilette war. Er kam trotzdem weiter ins Café und hat ein paar Mal versucht, mich umzustimmen. Aber er war durch für mich. Ich hatte einfach keine Lust mehr auf den Kerl. Und andere Mütter haben auch schöne Söhne. Wie heißt deine Mutter eigentlich?" Susi schaut ihn keck an, streckt ihm die Zunge raus und berührt, ja streichelt seinen Arm.

„Lassen Sie das, wir sind im Verhör. Und Ihre Vergangenheit gibt mir doch zu denken..."

Als Paul das sagt, spielen sie gerade den Partyklassiker YMCA ein: Alle Gäste sollen sich erheben, mitsingen und klatschen. Susi steht auf, nimmt ihre Hände über den Kopf, dreht sich um ihre Achse und singt mit. „Komm, Detektiv, steh auf. Nur wer mitmacht, bekommt die Wahrheit raus."

„Na dann, wenn es der Wahrheitsfindung dient", sagt Paul und erhebt sich etwas steif. Seine Hände fallen aufeinander wie abgetragene Handschuhe. Susi schnappt sich eine Hand, reißt sie in die Höhe und tanzt mit ihm. Aus ihren Lippen singt es:

„Junger Mann, du brauchst nicht missmutig zu sein Ich sagte, junger Mann, rappel dich wieder auf Ich sagte, junger Mann, nur weil du in einer neuen Stadt bist, brauchst du deshalb nicht unglücklich zu sein ..."

Beim Tanzen geht Susi mit ihrem Körper nahe an Paul heran, und der nicht Feierfeste fügt sich dem Weichen, das ihn berührt.

Auf der Bühne jetzt ein Solo-Akt: Frau in überdimensioniertem Cocktailglas entkleidet sich. Frau ist aber am Schluss gar keine Frau, sondern ein Transvestit. Beifall.

„Also, Detektiv, hast du gesagt, ich sei verdächtig, oder habe ich das falsch gehört?“, forscht Susi nach.

„Klar bist du verdächtig….“ Paul ist näher gerückt und hat eine Hand auf ihr Bein gelegt, sehr plump. „Du warst ja wie Rach auch mal vor Gericht.“ Es sollte spitzbübisch klingen, war aber ein Party-Crash.

Für Susi bei aller Feierlaune zu viel. Sie nimmt seine Hand von ihrem Oberschenkel, schaut ihn böse an: „Was soll das? Das ist über zwanzig Jahre her und der Kerl hat seine Stellung missbraucht. Hast du so tief in meinem Leben gegraben?“

„Du interessierst mich eben“, versucht Paul zu beschwichtigen. „Das gehört zum Job. Und du bist ja freigesprochen worden.“ Wieder so ein missglückter Satz.

„Ich bin nicht freigesprochen worden, das weißt du genau.“

Susi ist aufgebracht. Sie war 18 damals, lernte in Dresden Chirurgie-Schwester und ein 15 Jahre älterer Operateur hatte sie als Geliebte ausgesucht. Da widerspricht die Auszubildende dem lüsternen Herrn Doktor im Dresden der 90er Jahre nicht. In den Folgemonaten hatte er sie ziemlich ausgenutzt. Bei einem Streit hatte der Doktor dann einen Schnitt abbekommen und musste genäht werden. Das Krankenhaus schaltete die Polizei ein, obwohl der Liebesdoktor es zuerst gar nicht wollte. Gesetzlich war es aber so vorgesehen. Susi hatte wegen fahrlässiger Körperverletzung eine Jugendstrafe von sechs Monaten, auf Bewährung, bekommen.

„Der blöde Kerl hat mich im Prozess hängen lassen. Hätte ja sagen können, er hat sich selbst geritzt. Der Idiot. Und du holst das alles wieder in mir rauf“, fährt Susi Paul verärgert an, „Du meinst jetzt sicher, ich hätte auch Pascal auf dem Gewissen?“

„Beruhig dich, Susi. Du warst es nicht, ich weiß es doch. Ich habe mir von Amts wegen dein Dossier geben lassen, da stand das drin. Der Doktor hatte das sicher verdient, und du hast dich ja dann ganz den Wirtschaftswissenschaften hingegeben", versucht es Paul mit Humor.

„Und woher willst du wissen, dass ich es nicht war, die den Rach erstochen hat?" Sie schaut ihn herausfordernd an.

„Na, das habe ich überprüft", redet Paul sich wieder in eine Falle.

„Du hast mich also überprüft? Wir kennen uns grade mal 36 Stunden, da überprüfst du mich? Das ist zu viel. Lass uns gehen… Und wie überhaupt hast du mich überprüft?"

Jetzt darf er nichts Falsches sagen, sonst sitzt er gleich ganz allein unter 300 feiernden Lío-Gästen. Paul will zuerst wieder einen dummen Scherz machen und sagen: „Du hast ja im Café gearbeitet, als Rach erstochen wurde." Aber das Café Aleman hat am Sonntag Ruhetag, das weiß er schon. Also sagt er die Wahrheit, was auch nicht viel besser ist: „Du warst im Spa vom ME-Hotel am Sonntag von zehn bis zwei und hast bei Anita in San Carlos zu Mittag gegessen mit einer Freundin von dort."

„Du hast mich für eine Mörderin gehalten und du schnüffelst mir nach, bis in die Vergangenheit vor 100 Jahren. Und in meinem ganzen Leben hier auf der Insel. Was für ein Scheißkerl bist du denn?"

Am liebsten hätte sie das Messer vom Besteck genommen und ihm gezeigt, wie es zu dem harmlosen Schnitt vor 20 Jahren gekommen ist. Susi atmet tief durch, wie sie es in ihren zahlreichen Yogastunden gelernt hat. Wieder so ein Fehlgriff, denkt sie.

„Also jetzt mach mal halblang", verteidigt sich Paul, „Du weißt, was ich hier mache auf der Insel. Ich untersuche einen Mord. Ich kenne dich nicht. Ich kenne niemanden hier außer ein paar Kollegen von früher. Es ist mein Job, zu wissen, was, wo und wer. Und wenn ich dich noch verdächtigen würde, wäre ich nicht mit dir ausgegangen. Das kannst du dir doch denken. Ich weiß, dass du unschuldig bist wie die Jungfrau. Und die alte Sache ist halt aufgepoppt. Und hat mich erstmal erstaunt; drum habe ich nachfragen lassen, was du am Sonntag so gemacht hast. Auf so einer kleinen Insel weiß doch jeder immer alles. Oder fast... komm, sei nicht sauer..."

„Und wer hat das mit dem ME Spa erzählt und der Bar Anita in San Carlos?"

„Roberto von der Hafenbehörde hat da scheinbar ein paar Telefonate gemacht. Und deine Anita hat das dann bestätigt."

„Die heißt nicht Anita, Detektiv, das weißt du genau. Ich war mit Caroline essen dort, die gehört zur Hippiefamilie der Finca Las Dalias. Und die kennt wirklich deinen Hafenmeister, das weiß ich."

Immerhin nannte sie ihn jetzt nicht mehr „Scheißkerl", sondern wieder Detektiv. Und das war er schließlich.

Vertrauen ist gut. Kontrolle ist besser.

14.
Mittwochnacht – Kirschen in Nachbars Garten

Im Lío neigt sich die Showzeit zum Ende. Es gibt noch eine Polonaise durch die Räumlichkeiten, der sich die meisten Gäste anschließen. Susi und Paul ist nicht mehr nach Schlangentanz zumute. Sie ducken sich beide weg, wenn sie jemand auf den Tanz mitnehmen will. Es ist kurz vor Mitternacht, Paul ruft den Ober zum Zahlen. Schon steht Ulysses am Tisch.

„Hat es gefallen? Die Polonaise finde ich auch albern, aber die Gäste wollen das zum Schluss so haben. Wie war das Essen?"

Grauenhaft, denkt Paul, sagt aber: „Alles sehr gut und interessant. Sind Sie auch zufrieden mit dem heutigen Abend?"

„Na, der Umsatz hätte ein bisschen besser sein können; nur drei Tische über 10.000. Aber wir haben ja noch die Nacht vor uns. Showtime vorbei, Partytime startet. Bleiben Sie gerne noch, wenn DJ Frieder auflegt. Kommt vom Bodensee, macht eine riesige Party. Bis mindestens um sechs Uhr morgens geht's hier ab." Der Ober bringt die Rechnung, Ulysses will sie wegziehen. „Das machen wir aufs Haus."

„Oh, das geht nicht, sorry. Es ist sehr nett, aber das muss ich selbst übernehmen, sonst bekomm ich mit meinem Chef Ärger. Sie wissen es sicher von José, ich bin beruflich hier", schreitet Paul ein.

„Entschuldigung, natürlich, ich wollte Sie nicht bestechen. Es gibt auch nichts zu verbergen. Im Übrigen freue ich mich, wenn Sie den Kerl finden, der Rach erstochen hat. Ganz ehrlich: Ich mochte ihn nicht besonders, er war ja öfters mal hier, auch spätnachts, aber er war trotzdem Gast und hat unserer Gruppe zweimal am Anfang der Übernahme geholfen, Häuser für die Bosse zu finden. So ein Ende hat niemand verdient."

„Eine Frage noch: Hat sich eigentlich der Mord negativ aufs Geschäft ausgewirkt? Haben Sie hier oder im Pascha Absagen gehabt in den letzten zwei Tagen?"

Ulysses schüttelt vehement den Kopf. „Oh nein, keineswegs. Auch aus Deutschland nicht; hat mich auch ein bisschen gewundert. Hat die Insel in der Schweiz und in Deutschland fast noch interessanter gemacht. Gestern hat mich ein Millionär aus Zug, aus der Schweiz, angerufen und gefragt, ob die Rach-Wohnung jetzt zu haben sei. Ich soll mich doch mal erkundigen. ‚Ist ja einiges los auf Ibiza bei euch', meinte er. Da brauche ich auch eine Bleibe. Wo Dr. Ackeret und Kenny und Roger schon da sind..."

Man lacht, man zahlt, man geht. Mit 1200 € hat es die Kreditkarte von Paul belastet. 1060 € für Speis und Trank, 140 € Trinkgeld.

Paul fragt Susi: „War das zu wenig Trinkgeld?"

„Für einen Beamten ist das ok", antwortet sie schnippisch.

Die Stimmung zwischen den beiden ist im Moment nicht die beste; trotzdem fragt Paul, ob Susi mit ihm noch schnell an die Bar vom Nobu Hotel kommt. Er sollte sich das mal anschauen, hatte José gesagt. „Und es liegt ja auf dem Weg zu dir."

Susi will den Abend nicht ganz vermasseln und nickt. Paul drückt dem verdutzten Doorman vom Nobu den Autoschlüssel in die Hand und sagt ihm, er soll das Auto stehen lassen, sie kämen gleich wieder.

Die Bar vom teuersten Hotel der Insel und die Lounge Sessel davor sind mit mindestens zehn Model-Mädchen aller Farbschattierungen besetzt. Und im Moment sitzen nur ein paar Singlemänner an der Bar. Während die beiden Restaurants, die den Lounge Bereich flankieren – ein Japaner – Nobu eben – und ein mexikanisches Restaurant – auch um die Zeit prall mit Gästen gefüllt sind. Keineswegs Vorsaison, hier ist schon das volle Leben.

„Was machen die Mädchen hier?", flüstert Paul seiner Begleiterin ins Ohr.

„Die arbeiten. Das sind Escort-Girls. Die warten, bis die Männer aus den Restaurants kommen und statt in die Disco zu gehen, lieber gleich zum Höhepunkt kommen wollen. Die Escorts sind hier bis ein Uhr nachts, dann geht's ins Lío und später, wenn keiner angebissen hat, noch ins Gran Hotel oder – dann müssen sie aber mit ihren Preisen runter – ins Keeper. Haben es nicht leicht, aber besser wohl als in Bolivien, Ecuador, in der Ukraine. Oder Polen oder Angola..."

„Und was müsste ich zahlen?"

„800 für 2 Stunden, willst du?"

„Quatsch. Aber die Mädels sind hübsch, kann man nichts sagen. Rob sagte, dass im Nobu immer dubiose Gestalten unterkommen. War Rach auch oft hier?"

„Weiß ich nicht, ich war nie mit ihm da. Aber jetzt ist es gut. Ich habe keine Lust mehr, deine Detektivassistentin zu spielen.

Bestell mir ein Glas Champagner, ich geh auf die Toilette. Und nachher will ich heim."

Er bestellt zwei Glas Roederer Rosé, setzt sich in einen Lounge Sessel. Einige der Mädchen gehen ebenfalls auf die Toiletten. Susi bleibt ein Weilchen weg, und als die zwei Champagnergläser vor ihm stehen, kommt eine junge Frau zu ihm: „Ist das zweite Glas für mich?", lächelt sie ihn an. „Ich bin Luisa und hab Zeit für dich."

„Nett von dir; aber das Glas ist nur für meine Frau, sorry."

„Ja, für seine Frau, schönes Kind", hört er Susi sagen, als sie eben zurückkommt. „Schleich dich", sagt sie auf Deutsch und mit einem Lächeln zu der Südamerikanerin, die auch sofort zum Bartresen abzieht.

„Auf den Toiletten ist eifriges Nasepudern", verrät Susi. Und als Paul nicht gleich zu verstehen scheint: „Die ziehen sich alle Koks rein, um die Nacht durchzustehen."

Susi trinkt ihren Champagner. Das Gefühl zwischen den beiden ist verhalten. Paul prostet ihr nochmals zu, aber Susi redet übers Wetter: „Morgen wird es heiß. Ich sehe es an den Sternen. Trink aus, wenn du nichts mehr schnüffeln musst. Ich sollte heim."

„Ist gut." Er winkt den Kellner heran, bezahlt den Champagner (52 €, er gibt 60 € in bar). „Hasta Manana."

Sie fahren nach Jesus, gerade mal fünf Minuten vom Nobu-Hoteleingang entfernt, vor Susis Café.

„Also, das war heute ein bisschen merkwürdig mit uns, ich entschuldige mich für mein Gequatsche und dass ich dir nachspioniert habe. Ist halt mein Job hier", sagt Paul.

„Ich fand dich auch ziemlich beruflich. Und das mit dem Dossier von mir war heftig." Dann, nach kurzer Pause: „Komm trotzdem mit hoch, wenn du magst..."

Sie schaut ihn an. Er zögert, schaut zurück: „Willst du das wirklich? Bis du sicher?" Am liebsten hätte er gesagt: Kannst du mir das schriftlich geben?

„Komm mit. Ich habe Lust auf dich und ich brauch ein bisschen Mann." Sie legt wieder eine Hand auf seinen Arm. Er mustert sie nochmals, frech wie in einem Ankleidegeschäft: Sieht ihr siegreiches Lächeln, sieht ihre festen Brüste, den nicht ganz schlanken, aber weichen Körper. Susi schaut ziemlich direkt auf seinen Schoß. Das ist noch nicht mächtig, aber sie kann sehen, dass Potential vorhanden ist.

Ihre Wohnung über dem Café: perfekt. Eine große Wohnküche, Terrasse zu der Barranke, alles in Beige, Weiß oder Inselblau. Aufgeräumt. Ein großes Bücherregal, drei große Ölbilder, wohl von den Hippie-Malern von Las Dalias und Formentera, mit Ibiza-Motiven. Eine Ledercouch, Hocker als Abstelltische, frische Blumen, kostbare Vasen.

„Willst du noch was trinken? Ich hole mir ein Glas Weißwein", bietet Susi an.

„Gut, bring mir auch einen Wein. Kann ich ins Badezimmer?", fragt Paul zurück.

„Gerne. Klar, mach dich frisch. Du kannst ruhig dein Jackett ausziehen."

„Du bist eine freche Göre."

Er geht ins Badezimmer, natürlich mit Jackett, weil da seine Glock 7 steckt. Das kann er dann doch nicht einfach so herumliegen lassen. Er duscht sich nicht, aber wäscht gründlich sein Gemächt und sein Gesicht. Er sieht eine eingepackte Zahnbürste und benutzt sie.

Als er zurückkommt, trägt sie nur noch das Hippiekleidchen. Strümpfe und Unterwäsche sind verschwunden. Sie steht an der Küche, er geht auf sie zu, umfasst sie und küsst sie auf den Hals. Sie tastet, ob er erwachsen ist, scheint zufrieden und führt ihn ins Schlafzimmer.

Er hatte es geahnt. Ein großes, weißes, warm bezogenes Bett. Mit Federdecke, ganz ungewohnt auf der Insel. „Ich mag es warm und fest", flüstert sie in sein Ohr. Es wird heiß und fest. Und als sie beim zweiten Mal auf ihm sitzt und ihn anschaut mit diesem: „Ist-es-wirklich-wahr?"- Blick, muss er für einen Augenblick fröhlich lachen. „Ein schönes Ende eines schwierigen Abends", flüstert er ihr ins Ohr. „Du bist die schönste Madame Aleman."

Als sie später nackt neben ihm liegt, auf die Seite gedreht und so tut, als ob sie eingeschlafen sei, schaut er sie noch einmal an wie im Auto zuvor. Wahnsinn.

Er überprüft sich, ob er ein schlechtes Gewissen hat. Aber ganz und gar nicht. Er flüstert ihr ins Ohr: „Ich muss zurück. Wir sehen uns morgen." Sie dreht sich noch einmal zu ihm hin: „Du kannst einfach die Türe zumachen. Und danke, Detektiv. War ein schöner Abschluss."

Er fährt, nein schwebt die fünfzehn Minuten, die es jetzt um drei Uhr in der Nacht nur dauert, zum Hotel Montenol. Stellt das Auto dort einfach auf den gelb gezeichneten Lieferantenparkplatz direkt vor dem Nebeneingang, geht ins Zimmer und ist gut gelaunt. Vier Stunden dösen, dann geht's weiter, denkt er und schläft dann bald ein.

Gute Nacht Marie-Luise, auf dem Fensterbrett liegt's Geld.

15.
Donnerstag, 16. Mai –
Wer alles sieht, kann auch blind werden

Die innere Uhr tickt zuverlässig. Um sieben Uhr wacht Paul auf, noch immer gedanklich verwirrt, aber seiner eigentlichen Aufgaben bewusst. Bevor er duscht, zieht er die Joggingklamotten über, Glock 7 in den Hotelsafe, und läuft eine Runde den Hafen hinunter zum Port de la Luba, läuft durch die weißen Gassen der unteren Stadt und durch das Portal de Ses Taules in die Altstadt hoch. Am Baluard de Sant Joan wieder in die Unterstadt und zurück zum Hotel.

30 Minuten Powerlauf, um wieder klarzukommen. Im Zimmer erstmal Nachricht an Roberto Ruiz (Können wir um 8.30 im Montesol frühstücken?) und Anruf bei Erika.

– James, du warst gestern nicht zu erreichen. Ich habe dir eine Nachricht geschickt.

– Ich habe es erst heute Morgen gesehen. War im Nachtleben. Hier ist Ballermann für Millionäre. Nichts für uns. Ich habe deinen Bericht gelesen von der Autopsie und habe es auch der Bild-Zeitung gesteckt. Hast du es zufällig gestern gelesen? Ist heute schon nicht mehr online, glaube ich.

– Muss ich nachher mal schauen. Ich muss los, Paul. Die nächste Leiche wartet schon: Ein Femizid-Opfer, ekelhaft. Vielleicht kannst du die Rach-Sache bis Samstag klären oder den Spaniern übergeben. Dann könnten wir am Pfingstsonntag vielleicht doch noch...

– Schatz, ganz bestimmt. Die Spanier wissen schon mehr; ich werde nicht mehr so ganz eingeweiht und gebraucht; treffe gleich Rob zum Frühstück. Dann hoffe ich auf Klarheit. Und am Montag sind wir beim Wandern! Liebe dich, bis später.

Ein schnelles, ehrliches Gespräch.

„Du hattest einen lustigen Abend gestern", begrüßt ihn Roberto.

Weiß der schon wieder alles?, denkt sich Paul, und sagt: „Ja, Lío war ganz nett, habe den Geschäftsführer getroffen. Wie du sicher gehört hast. Ulysses, toller Name. Scheint mir sogar seriös zu sein. Aber jetzt sag mal: Was ist eigentlich los? Seit gestern Mittag hat sich doch etwas verändert? Die zwei abgestürzten Jungs scheinen keinen auf der Insel mehr zu interessieren, und bei Rach haltet ihr mir doch auch etwas verborgen, oder?"

Roberto geht erstmal gar nicht darauf ein, sondern sagt: „Dein Auto ist abgeschleppt. Wohl spät heimgekommen, hmm?" Er grinst über beide Ohren.

„Wieso ist mein... euer Auto abgeschleppt? Ich habe es doch hinters Hotel auf den Lieferantenparkplatz gestellt. Und das erst um ... naja, nach zwölf oder so", wundert sich Paul.

„Hier auf Ibiza werden Autos, die auf verbotenen Parkplätzen stehen, in der Nacht ab 4 Uhr rigoros abgeräumt. Die Inselregierung hat drei private Unternehmen beauftragt. Und die verdienen an jedem Auto 350 €; 50 sind dann noch Strafe: Schöne Geschäftsidee und wir haben jeden neuen Morgen eine von illegal parkenden Autos aufgeräumte Insel. Ibiza ist Business, mein Freund. Business geht über alles. Und so ist es ehrlich gesagt auch mit Pascal Rach. Seit feststeht, dass dieser Mord den Buchungen für Reisen auf Ibiza nichts anhaben kann, fast im Gegenteil, ist die Aufklärung nicht mehr so wichtig. Aber wir sind trotzdem dran. Ich zeige dir gleich ein paar Dinge, bei denen du mir versprechen musst, dass du das auch beim BKA geheim hältst."

Die Kaffees sind getrunken, die Ensaïmadas aufgegessen. Roberto hatte sein Dienstauto ebenfalls ‚verboten' in der Fußgängerzone beim Hafen abgestellt, aber wenn zwei das Gleiche tun, hat das nicht immer die gleichen Konsequenzen.

„Wohin geht's?", fragt Paul.

„Wir waren gestern Mittag und Abend nicht untätig", antwortet Roberto. „Ich war sogar bis weit nach Mitternacht im Stützpunkt; konnte dich also nicht mehr im Nobu abfangen. Aber ich glaube, da warst du gar nicht so böse... stimmt's?"

Das kann doch wohl nicht sein, dass die das mitbekommen haben, denkt der Detektiv, hüllt sich aber in Schweigen.

„Ich bin gespannt, was du mir zeigst."

Roberto hält auf dem Hof eines großen, grauen Zweckbaus im Gewerbeviertel mit dem Namen *Sa Blanca Dona*. Nur unauffällige Autos stehen da; keine Polizei- oder Guardia Civil-Fahrzeuge. Und doch gehört das Objekt zur Guardia Civil.

Sie müssen durch zwei Sicherheitsschleusen, und Robertos und Pauls Ausweise werden gescannt. Alles sehr funktional, wie in einem New Yorker Wall-Street- Komplex.

Im Inneren höchst modern. Voller Monitore und Technik. Ganz im Kern ein Raum mit einem großen Tisch, über dem mindestens zehn Großbildschirme hängen. „Unser Situation Room", präsentiert Roberto.

Seit dem Einbruch der Buchungen nach den Kessler-Morden 2018 und dann der Pandemie 2020 hat die Insel über 50 Millionen Euro in eine Kameraüberwachung möglichst aller Ecken der Insel, auch an den Buchten und Stränden, investiert, wie Roberto erklärt.

„Das Geld hat De Matutis außerhalb des normalen Budgets organisiert, von den großen Hotelketten, den Banken und Diskotheken und den Vergnügungsbetrieben. Und aufgebaut wurde es von einer chinesischen Sicherheitsfirma", erläutert er, und scherzend: „Die können jetzt sicher auch in Peking verfolgen, was hier abgeht. Ich zeig dir mal einen Kameraraum: Der hier heißt Heiland, und überwacht die Gemeinde Jesus."

In dem Raum stehen sicher hundert kleine Monitore, und drei größere. „Sergio, zeig Senior Paul, was wir von ihm gestern Nacht so haben", weist Roberto den Zivilgardisten an, der gerade in Heiland Dienst tut. Der grinst: „Alles?"

„Ja klar, das kann er schon aushalten..."

Wie ein Dokufilm zusammengeschnitten sieht man, wie Paul und Susi ins Lío fahren, dann Bilder von innen, auch wie sie tanzen, dann aus dem Lío kommen, heftig diskutierend, anschließend ins geparkte Auto steigen, es beim Nobu abgeben, und schließlich Bilder von der Lounge des Nobu. Zum Glück alles züchtig, denkt Paul. Dann folgt sein kurzes Gespräch mit dem Escort Girl, und – wow! – Bilder aus der Damentoilette, wo sich die Mädchen die ‚Nase' pudern. Susi ist brav, sieht Paul. Sie wäscht sich nur die Hände und schminkt sich.

„Wir haben uns mit den Kamerasystemen der großen Betriebe und den bewachten Apartmentanlagen vernetzt. Die meisten, wie Nobu und Lío, wissen das auch. Damals bei den Kessler-Zwillingen, Pablo, haben ja die Libanesen vor uns die Bilder von der Disco Amnesia gehabt. Du erinnerst dich. Das soll nie mehr vorkommen."

„Aber das ist doch nicht so ganz erlaubt, auch für die Sicherheitsbehörden in Spanien", wirft Paul ein.

Roberto wirkt unbekümmert. „Der Inselrat hat ein umfassendes lokales Gesetz geschaffen, damals noch unter De Matutis, und einstimmig beschlossen. Da wird eine umfassende Videoüberwachung erlaubt. Hat bislang noch niemand dagegen geklagt. Und du weißt ja: Wo keine Kläger, da kein Richter."

Auf dem Bildschirm sieht man jetzt, wie Paul und Susi wieder rauskommen vom Nobu und ins Auto steigen. Dann Bilder, wie das Auto in Jesus beim Ortsschild einfährt und Bilder, wie es vor dem Café Aleman hält, nach einiger Zeit die beiden Insassen aussteigen und zur Wohnungstür gehen. Sehr nahe beieinander. Türe auf, beide gehen rein. Paul hätte sich kein bisschen gewundert, wenn jetzt intime Bilder aus der Wohnung gekommen wären. Aber das dann doch nicht. Zwei Stunden später, zeigt die Uhr auf dem Monitor, um drei Uhr morgens, kommt ein gut gelaunter Paul heraus (man sieht sein fröhliches Grinsen, der Beamte zoomt ganz nahe ran) und fährt weg.

Ein zufriedener Ausdruck stiehlt sich auf Robertos Gesicht. „Danke, Sergio, super gemacht. Du bist der Beste! Ich habe ihn erst vor einer Stunde gebeten, dein Auto, dich und deine Begleiterin rauszufiltern und zusammenzuschneiden. In der Zeit von neun am Abend bis jetzt. Ich kann dir auch noch zeigen, wie du den Wagen am Hotel abgestellt hast, wie du ins Hotel gehst und wie das Auto abgeschleppt wird. Wir verwenden eine Software, wie sie auch die Chinesen und Koreaner verwenden. Einmalig in Europa, soviel wir wissen. Mit Gesichtserkennung, Bewegungserkennung, Autoverfolgung und Schnitttechniken, um solche Filmchen wie eben sehr schnell herstellen zu können. So wissen wir immer eine Menge darüber, was auf der Insel so läuft. Und jetzt zeige ich dir, was wir gestern im Fall Rach noch gemacht haben, und warum ich nicht zu erreichen war."

Paul weiß nicht recht, ob er das gut oder schlecht oder überhaupt eine Haltung dazu finden soll. Aus Sicherheitsgründen genial, aber man könnte auch... Er ist verwirrt.

Roberto führt ihn in einen Raum, wo zwei weitere junge Zivilgardisten vor Bildschirmen sitzen und Bilder zusammenfügen. „Hola, aqui nuestro colega de Alemaña." Man grüßt sich.

„Lass mich erklären, was gestern noch los war", sagt Rob. „Nachdem deine Erika uns ihren Bericht gegeben hat und von der Wahrscheinlichkeit einer weiblichen Täterin mit chirurgischen Fähigkeiten gesprochen hat, mussten wir umdenken. Wir suchten Frauen, die in den letzten Wochen sehr nahe an Pascal Rach herangekommen sind. Wir haben hier den Befehl eingegeben, Bilder zu suchen aus dem letzten halben Jahr, wo Pascal Rach mit Frauen zu sehen ist. Das waren gar nicht so wenige, so sechzig verschiedene Damen, aber natürlich auch harmlose Begegnungen mit Frisörinnen, Verkäuferinnen oder Kellnerinnen. Drei haben wir herausgefiltert, die Klasse, Fähigkeit und Hintergrund haben, Rach zu ermorden. Da wäre Sabine aus Leipzig. Das ist die, welche manche für seine Schwester gehalten haben, denke ich. Kommt das Jahr über für so zwei Wochen jeden zweiten Monat, in der Hochsaison jeden Monat einige Tage. Hat vorletztes Jahr auch ein paar Mal bei ihm gewohnt; jetzt mietet sie sich immer ein Apartment in Es Canar, bei den Hippies. Ist wohl Steuerberaterin und kennt Rach sehr lange. Schon in der deutschen Zeit. Sind wohl sogar verwandt; ist eine Cousine von Rach, die nächste Verwandte, die er noch hat, und die ihm seit Jahren Buchhaltung und Termine macht. Im Moment ist sie nicht auf der Insel. Die letzten gemeinsamen Bilder sind von Anfang Mai. Wir haben ihre Nummer von seinem Handy."

Er zeigt ein vergrößertes Bild, wie sie am Gepäckband von Ibiza Airport steht.

„Und dann haben wir als Nr. 2 noch, und die kennst du sogar, Charlotte aus Kolumbien, Bogota. Das ist ja diejenige, die bei den Drogenhändlern im Cipriani dabei war."

„Ist das nicht nur die Freundin des Drogenbarons?", erinnert sich Paul.

„Dachten wir auch. Dann haben wir die Dame genauer über unser System unter die Lupe genommen. Sie lebt nicht auf dem Boot der Drogenhändler, sondern seit Februar auf der Insel. Sie hat wohl über Rach eine Langzeitmiete für das Strache-Haus abgeschlossen. Mitten auf der Insel, aber sehr abgeschieden. Rach hat es vermittelt und kassiert. Und wir haben dort keine Kameras gehabt, bis gestern. Ein Haus mit festen Eisentoren und kaum Einblick. Ich bin gestern Nachmittag vorbeigefahren. Ich konnte aber nicht rein, wir haben noch keinen Durchsuchungsbefehl. Die Senorita selbst ist nach dem Cipriani-Abend untergetaucht. Aber nicht bei ihren Begleitern. Muss noch auf der Insel sein. Denn weder bei auslaufenden Fähren und Booten noch am Airport wurde sie erkannt."

Roberto weiß noch mehr.

„Ich habe gestern Abend noch mit meinen Leuten von der DEA, der amerikanischen Drogenbehörde, Kontakt aufgenommen und denen Bilder gesandt. Und siehe da: Eine Stunde später haben sie mir ein ganzes Dossier geschickt. Die Datenbank des DEA weiß mehr über kolumbianische Drogenhändler als die Kolumbianer selbst. Aber Ibiza ist ja in den letzten zwanzig Jahren nicht nur Geldwasch-Insel, sondern auch Stützpunkt für Großhändler von Drogen aller Art geworden. Unsere Kolumbianerin kommt aus einer Militärfamilie. Der Vater hat es bis zum Generalleutnant gebracht. Und sie ist mit 17 zur Truppe, hat sich als Ärztin ausbilden lassen, aber auch Flugscheine und Kampfausbildung. Nach der zehnjährigen Verpflichtungszeit muss sie die Seiten gewechselt haben. Gehört jetzt zum erweiterten Kreis des Typen, mit dem wir sie getroffen haben. Hat aber wohl eine eigene Agenda."

„Und warum ist die DEA so an Ibiza interessiert?", fällt Paul ein. „Gekokst wird doch überall. Das Abwasser in Frankfurt hat sicher fast so viele Kokainspuren wie hier auf Ibiza oder in Zürich."

Auch hierüber kann Rob ihm Informationen liefern: „Ibiza hat sich, so scheint uns, zu einem Lager für Kokain im südlichen Europa entwickelt. Das meiste Kokain kommt per Boot aus Kolumbien, Ecuador und Brasilien zunächst nach Afrika: Liberia, Kapverden, Angola. Dann geht's in kleineren Einheiten auf die Kanaren, dann ist es schon mal in der EU. Und dann kommt es hier an. So eine Finca, wie Charlotte sie gemietet hat, ist ideal, um Mengen bis 20 kg zu verteilen. Du wirst es nicht gerne hören, aber wir schauen hier gar nicht so genau hin bei Drogen. Kann ich dir später erzählen. Wir wollen eine sichere und saubere Partyinsel sein; wenn es schneit, ist das eher förderlich."

„Diese Drogengeschichten interessieren mich nicht. Wir im BKA müssen ein Drittel der Ressourcen für die Jagd auf Drogenhändler einsetzen. Und ein paar Jahre später werden die Drogen frei verkäuflich sein. Ein Unsinn. Vergewaltiger, Großbetrüger, Terroristen und Faschisten laufen dafür frei herum, weil wir zu wenige Leute haben."

Paul ist beeindruckt von dem Überwachungsbunker. Mitten im Industriegebiet, ganz auffällig unauffällig.

„Und wer ist die dritte Dame, die ihr gefunden habt in Rachs Nähe?"

„Isidro, zeig mal die Bilder", sagt Roberto zu einem seiner Kollegen.

Man sieht Rach mit Susi vor dem Café Aleman mehrfach diskutieren, dann (zufällige?) Begegnungen in Ibiza Stadt, beim Café Mar y Sol, zusammen beim Einkaufen in der Altstadt und Bilder vom Abendessen im ‚It' in Botafoch im April an Ostern. Nirgends besonders intim, aber doch sehr vertraut. Vor allem aber nichts, das Paul überraschen würde. „Ich weiß, sie hatte was mit dem Kerl, angeblich aber nur letzten Herbst. Hat sie mir gestern erzählt. Ich habe sie überprüft, bevor ich mit ihr während Mordermittlungen ausgehe: Sie hat für die Tatzeit, wie es aussieht, ein Alibi."

Roberto lacht: „Hatte dir ja schon gesagt, wo sie am Sonntag war. Isidro, bitte zeig die Wege von Susi am Sonntag." Man sieht Susi am ME-Parkplatz, beim Reingehen in den Spa, beim Rauskommen und dann draußen vor der Bar Anita mit ihrer Freundin um zwei Uhr am Nachmittag, der Tatzeit. „Wir haben sie gestrichen von der Verdächtigen-Liste. Du darfst weiter bei ihr Kuchen essen gehen. Und hier sind noch drei weitere Kandidaten, mit denen Pascal Rach oft zu tun hatte."

Es folgen Bilder von der Haushälterin Rosario, auch beim gemeinsamen Einkaufen, in Cafés der Stadt, bei Handwerkern und Möbelmärkten. Dann Bilder mit einem Escort-Girl, Manoela aus Brasilien, hier auch abends, sie hat ihn ins Casino, in Restaurants oder in Bars begleitet. Keine Zärtlichkeiten zu sehen, eher Dienstverhältnis. Zudem wurde Rach mit einer spanischen Senorita gesehen, die in einem Immobilienbüro in der Stadt arbeitet, mit dem Rach auch Kontakt hatte, und mit der er gelegentlich scheinbar ausgegangen ist.

Die Stecknadel im Heuhaufen ist auch nicht schwerer zu finden als der Heuhaufen.

16.
Donnerstagmittag – Drogen und andere Süßigkeiten

Paul lässt sich noch durch den „Mira"-Komplex, so nennen es die Inselpolizisten, führen, und ist beeindruckt. Die zwölf Regionsräume, zum Beispiel Santa Gertrudis (Gerda) oder Portinatx (Drums), wo die Kameras zusammenlaufen, sind nicht dauerhaft besetzt, sondern werden nur genutzt, wenn etwas vorliegt. Bei größeren Vorfällen, wie jetzt gerade, laufen die Fäden im Situation Room zusammen; er war wohl gestern die Leitzentrale der Insel.

Chef ist der Inselboss der Guardia Civil, Pedro de Guillaume. Und seine Leute sind auch die Macher hier. Eine verschworene Gemeinschaft. Meist kommen die neuen Rekruten der Guardia Civil aus den gleichen Familien. Früher waren sie Francos Auge und Ohr; heute sind sie des jeweiligen Regionalfürstens beste Helfer. Und die Jungen sind natürlich mit IT und IT Security aufgewachsen. „Wenn ich wissen will, was in meinen Häfen so vorgeht, finden sie immer was."

Die beiden fahren jetzt zum Parkplatz, an dem Paul Linckes Auto steht. Paul will die Gebühr bezahlen mit seiner Kreditkarte, aber Roberto winkt ab. „War ein Irrtum von dem eifrigen Abschleppfahrer. Hatte das Auto für einen Mietwagen gehalten, weil wir einen Aufkleber einer fiktiven Mietfirma zur Tarnung aufgeklebt haben. Wenn der die Autonummer verglichen hätte, wäre im aufgefallen: Dienstauto, niemals abschleppen! Lass dein Geld also stecken", sagt er, „du wirst es ja trotzdem auf der Insel ausgeben, wenn du mit deiner schönen Bäckerin wieder ausgehst."

Roberto muss ins Büro, beide sehen sich am Abend auf der Finca von De Matutis.

Paul kehrt zurück ins Hotel, macht Anrufe in der Dienststelle und bei der vermeintlichen Cousine in Dresden. Sie kommt am Freitagnachmittag und er bittet sie, wenn sie in ihrem Apartment in San Carlos ist, ihn gleich zu verständigen.

Dann geht es endlich wieder nach Jesus.

Er parkt abseits vom Café Aleman, bei der Apotheke, und geht die Calle de Talamanca zu Fuß hinunter. Er versucht zu erspähen, wo überall Kameras sind. Aber außer den offenen Videokameras bei Banken und Wohnkomplexen sieht er nichts; vor dem Café Aleman spaziert er auf dem gegenüberliegenden Bürgersteig auf und ab und inspiziert die Bäume, die dort stehen. In zweien meint er einen Holzkasten zu sehen im Gezweig, wo eventuell kleine Kameras versteckt sein könnten.

Susi hat ihn entdeckt, und winkt ihn heran, als sie auf der Terrasse serviert. Es beginnt im Café die Kuchenzeit, es ist halb drei mittags, und das Publikum sind ältere Damen oder Paare, die sich Susis herrlicher Kuchenauswahl ergeben.

„Suchst du die Überwachungskameras, Detektiv?", lächelt sie ihn an.

„Woher weißt du das schon wieder? Ist es, weil du eine Ossi bist und stasigeschult? Weiß man denn auf der Insel, dass da sehr viel überwacht wird?“

„Das ist streng geheim. Aber jeder, der hier länger lebt, weiß es natürlich. Hier in den Bäumen gegenüber sind zwei oder drei versteckt. Ich sehe die grünen Kranfahrzeuge, wenn die Guardia-Leute etwas austauschen. Sie tun immer so, als würden sie die Bäume beschneiden. Und wenn sie dann bei mir Kaffee trinken, machen sie Scherze, dass sie meine Gäste alle kennen würden.“

„Stört es dich nicht? Roberto hat mir sogar gezeigt, wie ich gestern zu dir hochgegangen und wann ich rausgekommen bin. Etwas gruslig, oder?“, meint Paul.

„Ach was, ich nehme es als zusätzliche Sicherung. Als alleinlebende Frau kann mir doch nichts Besseres passieren als ein quasi kostenloser Sicherheitsdienst. Ich habe das Aleman zwölf Jahre; und die ersten Jahre wurde mindestens zweimal pro Jahr die Eingangstüre aufgehebelt und nach Geld und Ware gesucht, während wir, als Willi noch da war oder später dann nur ich, oben waren. Immer ein großer Schaden und immer auch Angst, dass sie mal hochkommen. Haben extra unsere Eingangstür von der Wohnung sicher machen lassen. Vor zwei Jahren wurde dann das letzte Mal versucht, ins Café einzudringen. Ich war allein oben, hab nichts gehört. Aber die Einbrecher wurden noch in der Nacht verhaftet und direkt von der Insel geschmissen. Da habe ich nichts dagegen, Detektiv.“

Susi trägt heute ein weißes, fast durchsichtiges Ibiza-Kleidchen, darunter hellgrüne Unterwäsche, und wieder passende

Sandalen von Gucci. Paul bildet sich ein, dass sie diese Aufmachung auch wegen ihm gewählt hat; ist zumindest keine gewöhnliche Service-Kleidung. Sie bringt ihm einen Kaffee und ein mit spanischem Schinken belegtes Baguette.

Im Inneren des Cafés sieht er Gustav sitzen. „Er kommt oft her nach der langen Nachtschicht im Cipriani. Netter Kerl, du kennst ihn?", fragt Susi. Er erklärt ihr woher und geht dann an den Tisch von Gustav.

„Oh, der Mann von Interpol, wie nett", begrüßt dieser ihn. „Setzen Sie sich. Sind sie noch privat hiergeblieben? Der Fall ist doch gelöst."

Auf der Insel scheint jeder, der hier lebt und arbeitet, einfach alles schon zu wissen.

„So ganz noch nicht. Vor allem haben wir kein Motiv bislang. Und wir wissen nicht, wo die Dame ist und wie sie es getan hat."

Jetzt schaut Gustav erstaunt. „Ist es eine Sie? Ich hatte gestern im Restaurant nur gehört, dass es wohl mit den Leuten zu tun hat, mit denen ihr am Dienstag Probleme hattet."

Paul klärt ihn auf und fragt ihn, ob er die Kolumbianerin früher auf der Insel schon mal gesehen habe. „War sie mal mit Rach bei Ihnen?" Gustav verneint. Er habe die Dame bewusst vorher nie gesehen, sie war auch bei dem vorangegangenen Streit der Kolumbianer mit Rach, von dem er erzählt hat, nicht dabei. Da waren nur die zwei Männer und Pascal Rach.

Paul Lincke fragt den alten Stasimann direkt, was er denn von der ganzen Sache halte. Warum musste Rach sterben? Wegen Immobilien? Wegen Drogenhandel? Wegen Schulden? Wegen Beziehungsstress? „Sie bekommen doch alles mit, Gustav, Ihre

Einschätzung ist für mich wichtig. Mit welchen Leuten auf der Insel hatte Rach wirklich zu tun?“

„Pablo, ich darf doch Pablo sagen, Sie überschätzen mich wahrscheinlich. Ich war zwar in jungen Jahren, in den 80ern und 90ern bei der Stasi, und das war eine gute Lehre, was die Überwachungs- und Ermittlungsarbeit angeht. Aber seit mir dann 1995 final gekündigt wurde...“

„Wie, das ging bis Mitte der 90er Jahre mit der Stasi?“, wirft Paul ein.

„Na, wir waren doch Staatsangestellte. Beamte. Die kann man nicht von heute auf morgen auf die Straße stellen. Die Aufgaben wurden mit der Übernahme der DDR durch die BRD etwas anders; aber untereinander sind wir ja, also ich meine waren wir, ein verschworener Haufen. Die Menschen in der DDR haben uns vielleicht nicht gemocht, aber respektiert. Wir haben Sicherheit für den Alltag gebracht. Bei uns konnte man jede Türe nachts auflassen. Und wenn es zu Gewaltdelikten kam, waren die 24 Stunden später aufgeklärt. Ist nicht immer alles schlecht gewesen. Naja, hier setzt man ja jetzt auf modernste Überwachungstechnik. Ihr Freund José oder auch Rodrigo wissen sicher schon, dass wir hier reden. Und bei uns im Cipriani könnte ich jedem Gast zeigen, was er konsumiert hat. Die Bilder werden nicht nur intern gesammelt, die gehen auch raus an die Behörden. Das ist gut. Darum lebe ich gerne hier.“

„Warum wurde Rach ermordet? Haben Sie einen Verdacht?“, kehrt Paul zum Thema zurück.

Gustav muss nicht lange überlegen. „Meine Vermutung: Er hat sich in das Geschäft der Drogenhändler hier eingemischt. Und sie irgendwie übers Ohr gehauen. Die ganzen Drogensachen interessieren die Staatsorgane auf der Insel nicht. Ibiza braucht Drogen für seine zahlenden Gäste. Drum lassen die Oberen die Dealer gewähren, die Kolumbianer, die Rumänen, die Palästinenser, die schwarzen Jungs aus Angola und dem Senegal, die angeblich Sonnenbrillen und Tücher verkaufen, aber immer auch ein Säckchen Koks und Pillen dabeihaben. Und alle diese Deals sind auf den Überwachungsvideos zu sehen. Die Party steht über allem; zu Drogen hat man in Spanien immer ein liberales Verhältnis gehabt. War nicht umsonst das erste Land, das Marihuana freigegeben hat in den 70ern. Haben sie später wieder eingeschränkt. Heute kräht kein Hahn mehr, wenn zum Beispiel hier auf der kleinen Insel ganze Felder mit Hanf wachsen bei San Carlos. Übrigens, die Gemeinden San Carlos und Las Dalias sind das einzige Gebiet, das nicht mit Kameras überwacht werden darf. Haben die dort 2020 durchgesetzt. Sonst hätten sie gegen die Videoüberwachung bei der EU geklagt. Alte Hippies eben." Gustav lehnt sich zurück. „Ich denke", fährt er, geschwätzig geworden, fort, „der Rach wollte sich da ein Stück abschneiden. Er brauchte eindeutig Geld. An Ostern, als er mit seiner Schwester da war bei uns, ist zweimal seine Kreditkarte nicht akzeptiert worden. Sie musste für ihn zahlen. Sowas merke ich mir. Danach ist das dann nicht mehr vorgekommen. Wo ist er eigentlich jetzt, der Rach?"

„Wie, wo? Er ist tot!", gibt Paul irritiert zurück.

„Schon. Aber der Körper. Die Leiche?"

„Ich denke, noch in Palma bei der Obduktion. Aber richtig, was macht man mit der eigentlich? Gute Frage, Gustav. Müsste bald mal beerdigt werden."

„Das meine ich. Würde sogar hingehen, wenn es auf Ibiza ist. Er war immerhin Stammgast."

Das rührt Paul. Er verspricht, sich zu erkundigen, und sagt Gustav auch offen, dass es am Abend ein Treffen auf der Finca von De Matutis gibt, mit allen an dem Mordfall Beteiligten. Vielleicht erfahre er da mehr. Aber Gustav weiß natürlich davon. „Ulysses wollte mich sogar mitnehmen, aber ich muss meinen Laden am Laufen halten. Großkampftag, einige Chefs aus Italien sind da."

Sind denn hier alle mit allen verwickelt?, fragt sich Paul wieder einmal. „Gustav, könnte ich dann für Freitag zwei Plätze bei Ihnen reservieren? Um zehn Uhr abends. Ich würde gerne privat kommen", kündigt er an.

„Wir sind ausgebucht, aber für Kollegen vom BKA ist immer Platz bei mir. Ich höre mich heute Abend im Cipriani und bei meinen Leuten nochmals um. Dann können wir uns vielleicht morgen um die gleiche Zeit hier austauschen. Ich bin natürlich interessiert an dem Fall; wenn auch nur hobbymäßig. Alte Gewohnheit."

Paul bricht auf, geht aber zur Chefin zum Zahlen und sagt leise: „Bin auf der Matutis Finca heute Abend. Er ist ein älterer Herr; wir werden um Mitternacht hoffentlich rausgeschmissen. Was meinst du?"

„Kommen Sie, ich zeige Ihnen, wo es nach Santa Gertrudis geht", sagt Susi so laut auf Spanisch, dass es die Mädchen an der Theke und die Gäste drumherum mitbekommen sollen. Die beiden gehen über die Terrasse ums Eck des Cafés zu einem Hintereingang. Eine Tür mit einem Nummernschloss: „2708, dann kennst du auch meinen Geburtstag. Treppe hoch in den Flur. Hier hinten hat es noch keine Kameras, glaube ich zumindest, und der Fußweg führt zum Parkplatz bei der Apotheke. Wenn du noch kommen willst." „Bei dir komme ich gerne", erwidert Paul anzüglich. Susi deutet eine Ohrfeige an, streichelt dann kurz Pauls Wange und gibt ihm einen schnellen Kuss.

Vom Hotelzimmer im Montesol ruft Paul Lincke die Buchhalterin von Rach in Leipzig an und bekommt sie auch direkt ans Telefon. Sie hat vom Tod ihres Cousins, und das ist Rach, wie sie versichert, aus den Medien erfahren. Schon seit fünfzehn Jahren macht sie Buchhaltung und Steuer für Rach; auch in der Zeit, als er noch Start-ups gründete und später dann vor Gericht stand. In den heißen Jahren der Untersuchung hatte er aber ein großes Steuerbüro angeheuert, deswegen ist sie im Prozess selbst nicht aufgetaucht. Als er sich dann auf Ibiza niedergelassen hatte, habe er sie gebeten, sich um seine Buchhaltung zu kümmern. Und so hat sie auch selbst Ibiza kennengelernt und jetzt „liebe ich die Insel".

„Und wer hat Ihren Cousin umgebracht?", fragt Paul direkt. „Das weiß ich nicht, er hatte recht viele Bekannte auf der Insel, aber natürlich auch Leute, die ihn nicht mochten. Er ist ein harscher Typ, auf seinen Vorteil bedacht. Wissen Sie was?", sagt sie dann, „Ich dachte mir, dass die Polizei anruft. Ich habe mir für Freitag schon ein Ticket nach Ibiza besorgt. Ich komme um 15 Uhr an. Wir können uns treffen; ich muss ja für den Nachlass von Rach vorbeischauen. Er hat nur mich. Wir haben sonst keine direkten Verwandten mehr."

– Gibt's denn noch so etwas wie einen Nachlass? Man hört, er sei dieses Jahr nicht sehr liquide gewesen.

– Hören Sie auf. Ein paar Konten waren manches Mal überzogen. Aber er hat für sich gesorgt. Es gibt zum Beispiel ein Depot in der Schweiz, mindestens eine Million Franken, das er nie angerührt hat. Und es gibt ja die Wohnung auf Ibiza. Allein die ist vier Millionen wert.

– Und wer bekommt das?

– Das weiß ich nicht. Das meiste wird wohl der spanische Staat bekommen. Ich weiß nicht, ob er ein Testament hat. Aber ans Sterben hat er, wie wir alle, nicht so recht gedacht.

– Dann bekommen Sie auch etwas ab, oder?

– Kann sein, aber mit den spanischen Gesetzen kenne ich mich nicht aus. Wir können seinen Anwalt auf der Insel fragen, Senior Almundez. Der hat ihn stets beraten. Mein Cousin war Narzisst, das hat er selbst so gesagt. Narzissten glauben, habe ich gelesen, an ihr ewiges irdisches Leben. Wie man sieht, eine Täuschung.

Der Tod lächelt uns alle an, alles,
was ein Mensch tun kann, ist zurückzulächeln.

17.
Donnerstagabend – Show und Down bei De Matutis

Was für ein Anwesen. Einem Inselfürsten würdig. Allein die Auffahrt: Von einer Allee aus Pappeln gesäumt, dann kommt eine fürstliche Finca, es sieht eher aus wie ein Finca-Hotel. Im Einfahrtsbereich nehmen livrierte junge Leute die Autos entgegen. Paul ist hinter Rob hergefahren. „Ich brauche später das Auto noch für eine Recherche", meinte er zu Rob. De Matutis Anwesen liegt zehn Minuten hinter der Ortschaft San Josef.

Die Farben im Garten und im Inneren der Finca sind ganz Ibiza. Blau, Weiß, Beige. Die Gesellschaft versammelt sich im Innenhof, Flying Apero mit Cava, Manchego-Käse und Schinken werden serviert. Eine große Feuerstelle für Grillgenüsse. Etwa hundert Leute sind versammelt, Inselgrößen, Politiker und Unternehmer, auch Sicherheitsleute, ausgewählte Medienvertreter. Paul Rosen steht bei dem Agenturmann der dpa, Paul sieht, dass Ulysses neben De Matutis steht, eifrig nickt und diskutiert.

Die Gastgeberin, eine echte Senora, lässt sich Paul von José vorstellen, beide gesellen sich dann zu Roberto. „Showdown", meint der Hafenchef. „Wir haben die verlorene kolumbianische Ärztin noch nicht entdeckt; bin mir sicher, sie ist auf der

Insel. Die Drogenhändler sind heute Nachmittag abgefahren. Sie haben sich nicht abgemeldet, aber wir haben ihr Boot bei Las Salinas gründlich gefilzt. Waren ziemlich angefressen wegen der Untersuchung. Keine Drogen, keine Frauen an Bord. Da können wir sicher sein. Wollen auch wiederkommen, angeblich. Nur kurz nach Denia…Haben den Liegeplatz hier bis Ende September bezahlt. Wir werden sehen."

Die Garderobe der Gäste ist ebenfalls Ibiza-Style; bei den Damen jeden Alters sowieso, und nur wenige der Herren tragen klassische Anzüge mit Einsteck-Tuch (wie der Gastgeber zum Beispiel). Die meisten haben luftige, auch farbige Blazer und leichte Beinkleider. Wichtig sind die Schuhe: Wenn Sneakers, dann Louis Vuitton oder Gucci oder Giorgio Armani. Nike oder Adidas nur bei den mindestens zehn Sicherheitsleuten, die sonst nicht zu unterscheiden sind in der Aufmachung. Die meisten Herren aber in eleganten Lederschuhen von Lotus.

Der genaue Anlass des Treffens ist Paul unbekannt; es wurde wohl erst vorgestern von De Matutis anberaumt und dann von seinem Gastro-Team organisiert. Im Garten ist eine kleine Bühne mit Redepodest und DJ-Pult aufgebaut; von dort beschallt eine DJ die Gäste mit Musik à la Café del Mar. Nicht zu laut, man kann gut plaudern.

Paul gesellt sich zu den beiden deutschen Presseleuten, die er kennt. Rosen von der Springer-Presse und Franz A. Meyer von dpa Madrid. Sie sitzen mit anderen internationalen Medienleuten an einem großen Tisch.

„Die Herren der Presse, auch eingeladen zu dem Anlass. Was gibt es Neues zu berichten?", fragt Pablo. „Das musst du uns sagen", meint Paul Rosen, „weiß ja nicht einmal, warum wir heute eingeladen sind. Habt ihr Rachs Mörderin?"

„Wahrscheinlich schon, aber das glauben Sie mir jetzt nicht, ich weiß wahrscheinlich weniger als Sie beide. Vor allem den Grund für den Anlass hier. Jedenfalls die Frau Mörderin, falls es die noble Dame wirklich ist, haben wir noch nicht gefasst."

„Soll eine kolumbianische Drogenhändlerin sein", meint Rosen, „auf der Flucht, aber noch auf der Insel. Und sie wohnt in der Villa, wo der österreichische FPÖ-Mann Strache gelebt hat. Und diese Villa soll der Rach vermittelt haben; krass."

„Gut recherchiert, habe ich auch so gehört", lacht Paul Lincke. „Aber bislang gibt es keinen echten Beweis, dass sie Rach ermordet hat. Da kann auch noch Anderes kommen. Und was hört ihr von den zwei jungen Leuten aus England und Frankreich, die vom Dach gefallen sind, von euren Kollegen aus den Ländern?"

„Da wird wohl behauptet, das seien Unfälle gewesen. Ohne fremde Einwirkungen. Putins Fallobst, wie das heute heißt. Ich weiß nur, dass mein Kollege von Daily Mail heute Abend von einem natürlichen Dachsturz des jungen Engländers in seinem Portal berichtet. Ist die häufigste Todesursache bei jungen Engländern zwischen 18 und 30 Jahren auf dieser Insel..." Wie Rosen selbst dazu steht, ist für Paul auf Anhieb nicht hinauszuhören.

Man lacht heiter, Paul geht erstmal weiter zu seinen spanischen Kollegen. Dann tritt De Matutis ans Mikrophon, es kehrt Ruhe ein.

Der Inselkönig begrüßt, und kommt gleich zum Grund der Einladung. Er wolle den lieben Kollegen der Presse und seinen Kollegen auf der Insel mitteilen, dass die unerfreulichen Vorfälle mit der Ermordung des Deutschen Pascal Rach und dem Unglück der beiden jungen Leute, die vom Balkon gefallen sind, aufgeklärt sind. Rach sei wohl von einer von ihm betrogenen Drogendealerin ermordet worden und die Kameraüberwachung bei den beiden Hotels, wo der Engländer und der Franzose vom Balkon gefallen sind, habe eindeutig ergeben, dass sie im Drogenrausch über die Balustrade gestolpert sind. Ein Zusammenhang der beiden sei nicht erkennbar; offenbar ein zufälliges Zusammentreffen. Beide seien als Drogenkonsumenten und Dealer der großartigen Polizei der Insel bekannt gewesen. Aber es liege im Moment nichts Konkretes gegen sie vor. De Matutis bittet die jungen Leute, die das *großartige Ibiza* besuchen, doch von Drogen und auch zu viel Alkohol Abstand zu nehmen. Er fordert die Inselregierung auf, eine Werbekampagne zu starten, die sich an junge Leute richtet. Dabei soll auf die Gefahren von Drogen aller Art, auch Alkohol, wie er betont, hingewiesen werden. „Lassen Sie uns darauf trinken, dass alles wieder in Ordnung ist. Die Insel wird keinen Schaden nehmen durch diese unerfreulichen Todesfälle“, bekräftigt er.

Dann kommt die Hauptsache für die anwesenden Inselgrößen: Er, De Matutis, habe die Buchungslage seit den Vorfällen am Montag genauestens unter die Lupe genommen. Und in keinem der drei Länder, also Deutschland, Frankreich und England, die „so wichtig sind für uns“, habe es Einbrüche bei den Buchungen gegeben. Fast im Gegenteil sei durch die Berichterstattung in den Medien über Ibiza am Dienstag, Mittwoch und heute am Donnerstag ein deutliches Plus zu verzeichnen.

Beifall brandet auf. Hochrufe auf die Polizei und die schnellen Ermittlungen. Erleichterung in den Gesichtern der Insel-Elite.

„Und nun wollen wir uns dem Buffet widmen und einen schönen Abend zusammen verbringen. Ich möchte noch", schließt Matutis seine Rede, „unseren Retter in dem Vorfall vor Jahren mit den deutschen Zwillingen, Herrn Pablo Lincke, ganz herzlich begrüßen. Er hat unsere Nationalpolizei, die wieder vorbildlich gearbeitet hat, im Fall Rach unterstützt und geholfen, den Fall schnell zu klären. Kein Besucher der Insel, unserem weißen Paradies, muss sich mehr fürchten. Wer Böses vorhat, findet bei uns keinen Unterschlupf. Wir halten zusammen!"

Paul Lincke staunt über die Worte von De Matutis. Eigentlich ist gar nichts klar und alle Verdächtigen laufen noch frei herum. Aber seine spanischen Kollegen am Tisch nicken zufrieden und steuern eilig zum Buffet. Schließlich ist ihnen nicht jeden Tag vergönnt, beim Inselkönig zu dinieren.

Aber Paul ist nicht mehr ganz bei der Sache; schon vor Mitternacht verabschiedet er sich („muss noch telefonieren mit der Zentrale") und Roberto flüstert nur: „Ach, ihr habt die Zentrale jetzt in eine Bäckerei verlegt?" Die beiden verabreden sich für den nächsten Tag auf zehn Uhr im Café.

Paul Lincke fährt durch die Nacht von Ibiza Richtung Jesus, denkt keine Sekunde mehr an Tote und Ermittlungen, sondern nur an das pralle Leben. Er wird, wie nachts auf Ibiza üblich, von Kamikaze-Motorradfahrern und lebensmüden, aufgeputschten Seat- und BMW-Fahren überholt. Schließlich ist er am leeren Parkplatz der Apotheke von Jesus und schleicht den Weg zur Tür mit der 2708.

Alles ist wohl gerichtet. Susi liegt im weißen Bett, nur wenig zugedeckt und in einem violetten Negligé, das sie nur an Sonnentagen anzieht. Sie schaut von ihrem Buch auf, als Paul eintritt, und er küsst sie. „Oh, du riechst nach Schweiß, Rauch und gebratenem Fleisch", stellt sie fest. Paul gibt ihr Recht. „Ich dusch mich schnell, ok." Doch Susi schüttelt den Kopf. „Unsinn, leg dich zu mir: Männer wie du müssen so riechen."

Paul staunt wieder über die Vertrautheit, mit der sie Sex haben: Nichts Vorsichtiges, nichts Verklemmtes, aber auch nichts Übertriebenes. So, als wäre es immer so gewesen und würde immer so sein.

Sie schlafen sogar eng aneinander, vier Stunden nur, um sieben geht Susi ins Bad und duscht. Paul geht danach duschen, sie hat einen Espresso gemacht.

„Ich glaube, ich habe mich in dich verliebt; kann das sein?", fragt Paul am Tisch.

„Quatsch, aber du vögelst mich gerne, scheint mir. Das ist gut so, jemand wie du hat mir hier gefehlt. Aber morgen gehst du zu deiner Frau nach Wiesbaden und ich muss mich dann hier umschauen."

„Du bist so rational. Wirklich, keine Tränen beim Abschied?"

„Eine Träne vielleicht, warten wir's ab." „Aber noch bin ich da; habe für uns heute Abend im Cipriani reserviert um zehn. Auch wenn De Matutis etwas Anderes sagt: der Fall ist lange nicht gelöst. Bis Sonntag bleibe ich auf jeden Fall da. Ich bin nachher mit Rodrigo verabredet, unten im Café. Ich schleiche mich mal hinten raus und mache meine 10 000 Schritte. Dann komme ich wieder zu dir, du Wundervolle."

Er schleicht aus der Wohnung, den Fußweg zur Apotheke, wo ihm eine Angestellte von Susi begegnet, die zur Arbeit kommt. Sie lächelt vertraut und wissend.

Liebe ist nur ein Wort –
Aber gute Momente sind für die Ewigkeit.

18.
Freitag, 16. Mai – Gelernt ist gelernt

Als Lincke nach seinem morgendlichen Spaziergang ins Café kommt, sitzt Gustav schon dort. Eine Schrippe und einen Filterkaffee vor sich.

„Das sieht aber sehr berlinerisch aus. Schrippe, Kaffee, Marmelade, Butter", kommentiert er detektivisch das Frühstück.

„Habe ich hier eingeführt", meint Gustav, „hab den Partner von Susi sehr gut gekannt, er war aus Ostberlin. Dummer Kerl, so eine Frau allein zu lassen wegen eines Lehrmädchens. Männer sind doof. Ich mag die Chefin auch sehr gerne, Pablo. Natürlich platonisch. Eine tolle Person aus Dresden."

„Kann ich zustimmen, Gustav, aber kommen wir zum Fall. Sie haben gestern..."

„...mich gründlich umgehört. Vor allen bei meinen serbischen Sicherheitsleuten. Dazu muss man wissen, dass die Türsteher- und Security-Branche fest in serbischer Hand ist. Überall, nicht nur in Europa. Ich weiß nicht warum, sei es drum: Mein Sicherheitschef hat mir etwas gezeigt und mir aufs Handy geladen, schauen Sie."

Er zeigt Pablo auf seinem Handy die App „Döner Ibiza", macht sie auf. Auf Englisch, Spanisch, Französisch und Deutsch steht da: Bestell dir deinen Kebab ganz einfach mit der App. Mindestbestellung 2 Döner: 100 €, 5 Döner 200 €, 13 Döner 500 €. Kostenlose Lieferung an jeden Punkt der Insel, etc.

Paul Lincke ist entgeistert: „Die sind ja wahnsinnig teuer. Was soll das?"

„Na, die bringen dir eben deinen Kebab überall hin. Auf Mofas. Das kostet natürlich", lacht Gustav verschmitzt. Das Beste aber: „Du zahlst gleich mit der App per Kreditkarte, Debit Karte oder sogar Apple Pay und PayPal. Und, da habe ich selbst gestaunt, für die Schweizer Kunden sogar per Twint."

„Trotzdem unheimlich teuer. Da bestellt doch keiner Döner?", beharrt Paul.

„So ein Döner ist köstlich und macht schöner!" Jetzt lacht zum ersten Mal auch Gustav über den eigenen Scherz, und fährt fort: „Vor allem, wenn dann noch zwei, oder fünf, oder dreizehn Gramm Koks dabei sind. Eine Idee der beiden Balkonspringer. Haben sie 2023 entwickelt, und im letzten Sommer bis Herbst erfolgreich getestet. Für die Lieferung haben sie sich extra 16- bis 22- Jährige aus Rumänien angeheuert, die in einem Sozialhaus im Industriegebiet wohnen. Und die Mofa-Flotte ist dort in einem heruntergekommenen Ladenlokal als „Rent-A-Mofa" stationiert. Sollte wohl an Pfingsten, also übermorgen, wieder losgehen. Aber jetzt sind ja die App-Entwickler gestorben..."

Paul Lincke steht etwas auf der Leitung. „Verstehe ich jetzt nicht. Was hat nun was mit wem zu tun? Und Rach, war der da involviert? Und wie haben die Kunden von der App erfahren?"

„Ganz einfach, mit Handzetteln, auf denen ein QR-Code stand. Eingescannt, und du konntest die App runterladen. Der Kunde musste aber für die Erstbestellung eine E-Mail und einen

Namen angeben. Ging dann wohl ab wie Schmitz' Katze im letzten Jahr und die Mofa-Flotte war gut beschäftigt. Und dieses Jahr sollte das Angebot auf Pizza und Fitness- Drinks erweitert werden. Also Ecstasy und Pillen. Und jetzt kommt der Schritt zu Rach: Der hat wohl mit seinen Kontakten nach Rumänien für die rumänische Mannschaft und deren Unterbringung gesorgt und sollte um die Erweiterung des Geschäftsfelds mit Pillen aus Syrien besorgt sein. Und das Koks kam wohl über die Strache-Villa und wurde in einem Haus bei Las Dalias umgepackt in Einzelhandelsportionen. Das hatte auch Rach den App-Leuten vermittelt. Weil dort keine Kameras sind."

„Und wer hat jetzt die App-Entwickler vom Balkon gestoßen?", hakt Paul nach.

„Das wusste mein Informant nicht. Die App hat vor allem den Händlern auf der Insel, also den Palästinensern und den Rockergruppen, geschadet. Wird aus dieser Ecke gekommen sein", vermutet Gustav.

„Das sind gute Infos, danke Gustav. Muss ich gleich mal... mit Roberto besprechen. Da kommt er gerade, da ziehe ich mich zurück. Bin aber am Nachmittag zum Kuchenessen nochmal hier. Vielleicht weiß ich dann mehr."

Roberto war nicht sehr erstaunt über die App-Geschichten von Gustav; aber, wie er betont, haben er und die Guardia auch erst letzte Woche davon erfahren.

„Alles, was rund um Drogen läuft, lassen wir auf der Insel außen vor. Da ist jeder hier involviert: Die meisten zum Glück nur als Kunden, aber natürlich auch als Zeugen und Mitwisser. Da müssten wir in den Sommermonaten die ganze Insel einsperren. Drum hat die Inselpolizei da einen blinden Fleck im Auge. Die beiden Balkon-Springer sind uns zuvor nicht aufgefallen; und ihre Mofa-Flotte letzten Herbst auch nicht. Ich habe mir mal noch die Kameras rund um die Hotels der Jungen angeschaut. Da fahren an dem Abend, wo sie gesprungen sind, einige schwere Motorräder von der Rockergang hier an den Hotels vorbei und halten auch manches Mal an; schwer zu beurteilen. Jedenfalls haben die Rocker die Libyer, die du vom Kessler-Zwillings-Fall kennst, als Kokaindealer seit der Pandemie verdrängt. Die Rocker betreiben jetzt zwei eigene Bordelle mit Kokain-Depots und liefern wohl auch den Helmuts der Insel zu…"

„Helmuts…?", fragt Paul Lincke naiv.

„So heißen die senegalesischen Straßenverkäufer, die Sonnenbrillen und mehr anbieten. Lange Geschichte, der Name kommt aus Mallorca von einem früheren Bandleader, der in der Ballermann-Disco *Oberbayern* gespielt hat. Jedenfalls holen Senegalesen ihre Drogen zum Verkauf in den beiden Rockerpuffs in Ibiza Stadt und am Platja de ses Figueretes ab. Und deren Hauptmann aus dem Senegal ist inzwischen eng mit dem Rockerchef von hier. Also könnte es sein, dass die Rocker den Jungs den letzten Schubs gegeben haben. Gibt dann für den Täter immer eine schöne Tätowierung, FF."

„Und, verfolgt ihr die Spur?"

„Das ist keine richtige Spur", lächelt Roberto, „das sind Vermutungen, und da will unsere Frau Staatsanwältin nicht ran. Und sie müsste den Auftrag zu weiteren Ermittlungen geben. Aber, nachdem alles, wie De Matutis gestern gesagt hat, so schön friedlich und herrlich auf der Insel ist und die Geschäfte der Touristiker nicht leiden, wird das Ganze nicht weiter aufgeklärt. Schade, denn die App ist wirklich toll. Mit der könnte man echten Döner oder Pizza oder Burger verkaufen. Muss es denn immer Koks sein?“

„Ok, mich geht's nichts an“, meint Paul. „Aber jetzt musst du mir helfen, den Rach-Mörder oder die Rach-Mörderin schnell zu finden. Dafür werde ich bezahlt, dafür bin ich hier. Jetzt kommen plötzlich auch noch die Rocker und die Libanesen in Frage als Täter. Und das ist ein klarer Mord, den kann die Frau Staatsanwältin nicht einfach negieren. Wer war es?“

Roberto runzelt die Stirn. „Ich denke, wir müssen Charlotte, die Kolumbianerin, finden. Wenn auch ihr Motiv nicht klar ist. Sie ist die Hauptverdächtige. Und sie hat die Fähigkeit zu so einem Mord. Aber Rach hat ja eher mit ihr zusammengearbeitet. Das Strache-Haus in der Inselmitte und die Bude in Las Dalias in San Carlos hat er eindeutig vermittelt und letztere sogar auf sich laufen lassen. Sprich du später mit seiner Cousine, die kommt heute Nachmittag aus Leipzig.“

„Gut“, willigt Paul ein. „Ich gehe vorher noch bei Rachs Putzfrau vorbei. Sie hat ihn gefunden und weiß vielleicht mehr über seine Beziehungen auf der Insel. Sie ist auf euren Kamerabildern öfters mit Rach in der Stadt beim Einkaufen zu sehen.“

Rosario Del Monte wohnt in einem Zweckbau zwischen der Diskothek Pacha und der Innenstadt, fußläufig sowohl nach Talamanca als auch in die Stadt. Paul Lincke hatte sie angerufen und sie empfängt ihn in einer Schürze und Kleidung von einem KiK-Niveau. Trotzdem ist die vielleicht 35-Jährige nicht unattraktiv. Sehr schöne dunkle Augen, gepflegte Augenbrauen, naturbelassene, volle Lippen, etwa 1,70 groß. Sie schaut den Besucher von der Polizei ängstlich an, wohl weil sie in einen solchen Todesfall nicht verwickelt werden will. Aber als Finderin des Toten ist sie das.

Paul lässt sich noch einmal detailliert von ihr die Situation beim Auffinden beschreiben. Sie ist schon dreimal von den spanischen Kollegen befragt worden, deswegen ist Rosario sehr nervös, dass sie schon wieder alles erzählen soll. Paul versucht, sie zu beruhigen und klarzustellen, dass gegen sie kein Verdacht besteht. Die Stichwaffe habe sie nicht gesehen, versichert Rosario, überhaupt ist sie sofort nach der Entdeckung der Leiche zum Wärterhaus gelaufen. „Ich habe Angst gehabt und ich war auch traurig“, erklärt sie. Und sie habe jetzt nur noch zwei Arbeitsstellen; sie sei fünf Werktage die Woche immer drei Stunden am Mittag bei Rach gewesen. Er wollte, dass seine Wohnung jeden Tag wie in einem guten Hotel gereinigt wird.

Rach fragt nach der Bezahlung. Sie habe pro Tag 50 € bekommen, zuerst habe er es ihr wöchentlich am Freitag bar hingelegt, seit einem Jahr aber monatlich per Dauerauftrag überwiesen. Jeden Monat 1.100 €. Wenn er sie Samstag oder Sonntag gerufen hat, hat er ihr das jeweils bar gegeben.

„Und wo arbeiten Sie noch?“, will Paul wissen.

„Jeden Samstag sechs Stunden in einer Bed-and-Breakfast Apartmentanlage in Las Dalias, wenn dort die Mieter wechseln, und morgens vier Stunden zum Aufräumen in einer Diskothek in der Stadt. Als Putzfrau“, antwortet sie.

Paul fragt, ob sie mit Rach auch privat ausgegangen sei. Das verneint sie vehement. Senior Rach könne sehr laut werden und würde sich nicht mit seiner Putzfrau in der Stadt zeigen.

„Aber einkaufen waren Sie doch gemeinsam? Im Mercado oder im MasyMas oder Lidl?"

Rosario will es erst verneinen, scheint sich dann aber zu besinnen: „Ja, ein paar Mal sind wir mit seinem Auto zum Einkaufen gefahren. Ich habe die ganzen Einkäufe schleppen müssen, er hat keinen Finger gerührt. Aber er war ja auch der Herr."

„Wer könnte ihn erstochen haben, haben Sie eine Idee, Rosario?"

„Nein, nein Senior, so gut kannte ich Senior Rach nicht. Ich weiß nicht, was er gemacht hat auf der Insel."

Paul fällt auf, dass wieder der gleiche Duft eines bestimmten Parfüms bei Rosario in der Luft liegt, wie er ihn schon bei Pascal Rach wahrgenommen hat. Nicht verwunderlich, da Rosario regelmäßig bei Rach verkehrt hat und ihn gefunden hat. Er kennt den Duft: „Un Jardin sur Le Nil" von Hermes. Eine Packung, auch im Duty-free, nicht unter 150 €.

Rosario erzählt ihm noch, dass sie einen 10-jährigen Sohn in Ecuador hat, zweimal im Jahr dorthin fliegt, ihre Eltern, bei denen der Sohn lebt, mit dem Verdienst auf der Insel unterstützt. „Das Geld von Senior Rach wird mir fehlen, aber ich hoffe, bald eine neue Anstellung zu finden."

„Warum waren Sie eigentlich letzten Sonntag bei ihm, als sie Rach gefunden haben? Sonntags arbeiten sie ja sonst nicht", bemerkt Paul.

„Er hat mir morgens eine Nachricht geschickt, dass ich kommen soll. Er hatte am Samstag Gäste und ich sollte aufräumen", antwortet sie sofort. Und beginnt zu weinen. „Senior Rach war nicht immer nett, aber er hat mich immer korrekt bezahlt.."

„Alles gut, Rosario. Sie können nichts dafür und Rach hatte auch, das wissen Sie wahrscheinlich, dunkle Seiten. Geben Sie mir bitte noch Ihre Handynummer, falls ich Sie nochmals sprechen muss. Ich treffe jetzt seine Cousine Sabine; haben Sie die auch mal kennen gelernt?"

„Ja. Sie hat für ihn die Geschäfte gemacht, ich meine die Buchhaltung und so. Sie hat mir auch das Geld überwiesen. Ich musste sie anrufen, wenn es mal ausgeblieben ist. Sie war auch schon mal im Apartment, während ich geputzt habe. Dann haben wir uns unterhalten. Sie ist freundlich."

„Hat sie im Apartment auch gewohnt?"

„Nein. Sie hat sich eine Wohnung in San Carlos gemietet, glaube ich. Aber ich kenn sie nicht näher."

Paul Lincke geht. Er hat den Duft des „Jardin sur Le Nil" in der Nase.

Er fährt in dieses sagenhafte San Carlos und noch bevor er den Ortskern erreicht, sieht er links die Anlage des Las Dalias, Restaurants, Bars und viele Marktbuden. Die Parkplätze rund herum kosten 5 €, der nächstgelegene gleich 10 €. Hippie- Business. Gegenüber der Straße sind ein paar ältere Häuser und Apartmentanlagen. Davon muss eines das Haus sein, wo die Drogen der App-Jungs gepackt worden sind. Er fährt weiter bis zu Anitas Bar im Ortskern neben der Kirche, wo er sich mit Sabine verabredet hat.

„Tut mir leid wegen Ihrem Onkel", begrüßt er sie. Er erkennt sie sofort von den Kamerabildern. Sie sitzt allein an einem Tisch im Patio des Restaurants. „Danke, es ist schlimm, so zu enden. Pascal hat immer dubiose Geschäfte gemacht, machen wir uns nichts vor. Sie wissen es ja. Ich bin seine Buchhalterin seit Jahren. Er hat sich da ganz auf mich verlassen und das konnte er auch."

„Was waren denn seine Hauptgeschäfte in den letzten Jahren? Sie haben mir gesagt, er hatte immer genügend Geld..."

„Also, ich kenne seine Konten. Er hat hier auf der Insel bei der Banco Santander und der Banco March je ein Konto; dann in der Schweiz zwei Konten und eines in Liechtenstein. Da lässt er auch die Million Schweizer Franken aus den Deutschland-Geschäften verwalten. Sie dienen seiner Sicherheit im Alter, wie er immer meinte, wenn ich gesagt habe, man müsste mal dort oder dort wieder Geld auffüllen. Jetzt braucht er sie nicht mehr."

„Das werden Sie dann wohl erben. Ich habe nachgeschaut: Sie sind praktisch der einzige direktere Blutsverwandte, der noch am Leben ist. Seine Eltern sind gestorben, Geschwister hat er keine und weitere Cousinen und Cousins gibt es wohl auch nicht."

„Keine Ahnung, ich brauch das Geld nicht; und das meiste wird der spanische Staat bekommen und es gibt ja auch noch von der alten Geschichte private Klagen. Ich treffe mich heute Abend um sieben noch mit seinem Anwalt von hier. Ich muss die Beerdigung in die Wege leiten. Pascal lebte hier ohne echte Freunde; eigentlich war er einsam, das merkt man erst jetzt so richtig."

„Ja, im Tod sieht man seine eigene Einsamkeit. Von oben aber. Gut, dass Sie da sind. Wie lange bleiben Sie?"

„Ich muss zurück, Mittwoch wahrscheinlich. Ich habe auch mein Leben in Leipzig, ich arbeite als Buchhalterin bei RB Leipzig. Hört sich gut an, ist aber ziemlich viel Arbeit jetzt am Ende der Saison."

„Kann ich Sie zum Anwalt begleiten, oder wollen Sie erstmal alleine...?"

„Ja, wäre mir lieber allein. Das müssen Sie verstehen. Ich weiß nicht, was Pascal noch so alles gemacht hat, und da sollte erstmal kein deutscher Polizist dabeisitzen. Ich kann Ihnen morgen ja erzählen, was Senior Avocado mir sagt."

„Gut, verstehe ich. Dann treffen wir uns doch morgen wieder hier, um zwölf zum Mittag?"

„In Spanien isst man nicht um zwölf, da kann man frühestens um zwei kommen. Ich sage es Anita, damit sie uns hinten einen Tisch gibt. Dort kann man in Ruhe reden. Ich kann Ihnen dann auch mehr sagen, ich fahre heute noch in Pascals Wohnung vorbei. Oder ist sie versiegelt? Jedenfalls treffe ich noch seine Immobilien-Bekannte. Fast sowas wie die einzige Vertraute auf der Insel, die ich kenne. Außer der Putzfrau natürlich. Bis Morgen." Sie will aufstehen und gehen. „Wo haben Sie denn Ihr Apartment hier?", will Paul noch wissen.

„Da vorne am Ortseingang, gegenüber von Las Dalias."

Paul Lincke will sich nun das legendäre Las Dalias doch genauer ansehen. Er investiert die 10 € für den Parkplatz, obwohl er nur kurz bleiben kann. Es ist bereits am Freitagnachmittag ein ziemlicher Trubel, obwohl noch Vorsaison. Hippie-Lounge-Musik der 70er Jahre beschallt das ganze Gelände, das voller Buden steht, in denen Kleider, Naturkost, Schmuck, Bilder, Silber, Geschirr und alles rund um Hanf verkauft werden. Viele schöne Menschen, oft nicht mehr ganz jung, aber stolz und gepflegt. Überall stehen Recyclingbehälter für den Abfall; Hippies des 21. Jahrhunderts. Im großen Hauptgebäude mehrere Restaurants und Bars, auch im ersten Stock, und wohl eine Diskothek, für deren Abendunterhaltung auf Plakaten geworben wird. Paul fällt auf, dass man nirgends aufdringlich angesprochen wird, wie sonst auf Basaren. Er schnüffelt bei einem Duftöl-Anbieter an mehreren Flacons, ohne dass die hübsche Verkäuferin ihn anspricht. Schließlich kauft er einen Raumduft, der ihm für Susi geeignet erscheint, und dann noch einen für Erikas Zuhause.

Natürlich geht er auf die andere Straßenseite der Anlage, wo durch Büsche etwas von der Straße abgetrennt mehrere Häuser und zwei Apartmentblocks stehen. In einem wird wohl die Buchhalterin leben und irgendwo werden jetzt Kokain-Päckchen gepackt. Aber nein, fällt ihm ein, die beiden App-Jungs können ja nicht mehr aktiv sein. Mehrere Autos sind auf der Anlage geparkt bei den Häusern. In einem Opel sieht er zwei Herren, die ihn interessiert beobachten, dann aber sofort ganz unverbindlich mit sich selbst beschäftigt scheinen. Aha, denkt Paul, die Guardia Civil hat auch hier ihre Augen, auch wenn die Kameras in San Carlos verboten sind.

Die schönsten Düfte übertünchen nicht
Trauer und Verwesung.

19.
Freitagabend – ein Gott weiß mehr

Paul Lincke fährt zurück zu seinem Hotel im Abendverkehr. Das dauert; er stellt das Auto provokativ wieder auf den verbotenen Lieferantenparkplatz, geht ins Zimmer und macht sich frisch für die Nacht. Er hat sich noch in Las Dalias ein Ibiza-Hemd (weiß, kragenlos, mit netten Rüschen) gekauft. Mit Jeans, seinem legeren Jackett und dem Dreitagebart geht er jetzt als touristischer Ibizenko durch. So sieht es auch Susi, die ihn wieder mit einem rosa Kleidchen und durchschimmernder Unterwäsche empfängt. Und High Heels in rot.

„Wenn du so weiter machst, wird der Fall noch lange nicht gelöst", meint der beamtete Schürzenjäger. Er gibt ihr den Raumduft. „Habe ich von Las Dalias, finde er passt in deine schöne Behausung." „So wie du auch", lacht sie und küsst ihn. „Müssen wir schon gehen?", fragt sie ihn.

So lieben sie sich noch eine halbe Stunde und gehen dann fröhlich und gestärkt ins Nachtleben. Ulysses hatte beim De-Matutis-Fest darum gebeten, Paul am Freitag nochmal kurz zu sprechen. So geht es erst ins Lío, wo die Abendgäste langsam eintrudeln. Im Entree steht Ulysses und geht mit Paul an einen Tisch bei der Bar. Susi bummelt derweil draußen an den Yachten vorbei, an den Geschäften von Chanel, Louis Vuitton und Prada.

Ulysses beginnt: „Ich wollte Ihnen doch noch ein paar Dinge über Rach erzählen. Er hat nicht nur meinen Bossen zwei Fincas auf der Insel besorgt, er hat auch mir letztes Jahr eine Bleibe vermittelt. Ich habe das erste Jahr hier im Pacha-Hotel gewohnt, aber man will ja auch etwas Privatsphäre haben. Und da hat er mir eine Wohnung in seiner Anlage P Dos besorgt, die von einem Fußballer, der vom FC Barcelona nach Saudi-Arabien gewechselt ist, zum Verkauf stand. Direkt neben Rachs Wohnung. Die einzelnen Einheiten sind sehr abgeschirmt voneinander, aber du bekommst dann doch manches mit…"

Nach dem Gespräch geht Paul auf den Paseo und sieht die schöne Susi im Gucci-Laden. „Hast du etwas Schönes gefunden?" Sie zeigt ihm ein Kleid im Hippie-Stil. „Das gefällt mir. Wenn du Millionär wärst, müsstest du es mir kaufen. Aber als Bundesdetektiv sind dir die 3.500 € sicher zu viel?" „Du hast so hübsche Kleider, da kann Gucci sowieso nicht mithalten", nimmt er es locker.

Im Cipriani bekommen sie von Gustav den besten Platz zugewiesen; ein etwas erhöhter Zweiertisch, der alles übersieht bis zum Eingang und der Bar. „Sie wollen doch sicher auch immer so sitzen, dass Sie den Eingang im Blick haben", meint der alte Stasimann, „es geht mir auch so". Susi überlegt kurz, ob er denn bei ihr ebenfalls so sitzt. Und ja, es stimmt. Sie sprechen zuerst ein wenig über den lieben Gustav; er scheint auch Freude daran zu haben, dass die beiden sich gefunden haben auf der Insel. Nachdem sie beim Ober die Bestellung aufgegeben haben (sie: Lachstatar, dann Fettuccine Alfredo; er: Spaghetti a Olio e Peperoncini und dann Escalope milanaise;

eine Flasche Ca'Marcanda Vistamare aus der Toskana), kommt Gustav an den Tisch. „Ich störe nur kurz..."

„Gustav, das ist Ihr Reich, da stören Sie nie", meint Susi.

„Also, ich habe da noch ein paar kleine Infos. Ich kann ja offen sprechen..." Er schaut zu Paul. „Bitte nichts über die Hauptverdächtige Senorita Susi. Aber sonst nur zu", schmunzelt Paul. „Nun, Senorita Susi war es nicht. Das habe ich gründlich überprüft und das ginge auch nicht, dann hätte ich ja gar keinen Platz mehr auf der Insel, wo ich mich wohlfühle, tagsüber. Bei Rach gehe ich immer noch von der Kolumbianerin aus, da weiß ich nichts Neues. Aber was mir meine serbischen Sicherheitsleute heute Abend gesagt haben: Sie waren gestern in einem Tattoo Studio auf der Insel, wo sich auch die Rocker stechen lassen. Und dort wurde erzählt, dass sich zwei Rocker diese Woche das Zeichen für einen gelungenen Mordauftrag im Namen der Gruppe haben stechen lassen. Also haben sie sich offensichtlich von den Jungs aus England und Frankreich in ihrem Drogengeschäft gestört gefühlt. Außerdem hat mir mein Informant gesteckt, dass ein dritter der Gruppe dabeisaß und meinte: ‚Das kann ich mir auch bald stechen lassen'. Weiß nicht, ob es sich um Rach handelt, aber da wäre es ja schon passiert, oder um einen zukünftigen Auftrag. Passen Sie also auf, Senor Paul."

„Danke, Gustav. Interessant. Wenn ich zukünftig hier Schutz brauche, wende ich mich an Sie und Ihre serbische Truppe. Aber ich will nichts von den Rocker-Jungs, und die sicher nichts von mir. Da muss die spanische Polizei schauen, wenn sie denn will", lacht Paul.

Der Wein kommt und die Vorspeise, Gustav verlässt die Turteltauben, und siehe da: Die beiden sprechen über sich und die Welt und vergessen Mord und Totschlag über den wirklich leckeren Speisen.

Weil Paul und Susi ahnen, dass sie nur mehr einen Tag haben, verzichten sie gerne auf den Nachtisch und sind schon um Mitternacht über dem Café Aleman.

Es geht nichts über ein perfektes italienisches Essen.
Außer vielleicht eine Liebesnacht auf Ibiza.

20.
Samstag, 18. Mai – Dahlien und Rosen

Um sechs Uhr morgens am Samstag weckt er Susi schon; sie haben nur vier Stunden geschlafen, aber Susi muss am Samstag früh in der Backstube des Cafés sein. Großkampftag. Und da flüstert Paul ihr höflich ins Ohr, ob er sie schon erwecken darf.

Susi muss runter ins Café. Samstag ist das Hauptgeschäft der Woche. Sie machen zwar erst um neun Uhr auf, aber zusammen mit zwei Heferinnen wird zwei Stunden vorher alles frisch hergerichtet. Das Müsli vom Café Aleman geht am Samstag weg wie warme Semmeln, die es natürlich auch gibt.

Paul Lincke hat die ‚offizielle' Erlaubnis, noch etwas in der Wohnung zu bleiben und schleicht sich dann zur Apotheke, wo sein Seat steht. Er fährt in sein Hotel, verstaut die Pistole im Safe und joggt durch die Altstadt und am Hafen entlang. Erika ruft gegen 11 Uhr an. Sie erkundigt sich, wie es läuft, und Paul meint, dass er wohl morgen zurückfliegen kann. Er müsste über Palma, wäre aber am Abend bei sich zuhause und sie könnten am Montag zum Wanderurlaub nach Garmisch fahren. „Wisst ihr denn, wer Rach umgebracht hat?", fragt sie. „Ja", meint Paul, „ich denke, ich weiß es. Ich erzähle dir alles beim Wandern in Garmisch."

Alles?

Dann ruft José an.

– Wir haben das Versteck von Charlotte. Wir sind noch nicht sicher; sie hat sich wohl ziemlich verändert und verkleidet. Wir werden heute Nachmittag bei Las Dalias so gegen drei Uhr zugreifen. Wir brauchen vorher noch den Haftbefehl. Wenn du dabei sein willst…?

– Das ist sehr gut. Ich komme und bringe die Buchhalterin Sabine von Pascal Rach mit. Sie ist wirklich seine Cousine. Sabine wird die Erbin von Rach; das macht auch sie verdächtig. Aber sie war ja letztes Wochenende nicht auf der Insel.

– Oh doch. Sie war wohl auf der Insel. Wir haben Bilder, wie sie am letzten Sonntag gegen 13 Uhr eincheckt. Würde von der Zeit her gut passen.

– Das hat sie mir gestern verschwiegen. Ich habe sie in Anitas Bar getroffen. Schien mir offen und auch traurig darüber, was passiert ist. Und ich bin mit ihr um zwei Uhr bei *Anita* in San Carlos verabredet. Sie wohnt da in der Gegend, wenn sie auf Ibiza ist. Wo treffen wir uns?

– Gegenüber von Las Dalias, auf dem Parkplatz. Du hast gestern schon vorbeigeschaut, sagten mir die Kollegen.

– Ihr habt gute Kommunikation. Noch etwas, José. In dem Apartmentkomplex dort putzt am Samstag immer Rosario, die Ecuadorianerin, die Pascal Rach gefunden hat. Sag deinen Kollegen vom Parkplatz, sie sollen sie auf gar keinen Fall gehen lassen, bevor wir bei Charlotte zugreifen. Wir können dann alle drei Verdächtigen konfrontieren.

Ich dachte, es sei klar, wer es nur gewesen sein kann? Präzise und kühl. Das ist doch Charlottes Handschrift. Charlotte ist auf jeden Fall dran. Wir haben gestern, bei der zweiten gründlichen

Durchsuchung der Strache-Villa endlich gefunden, was wir geahnt haben: Zwei gepresste Platten mit je 10 kg reinsten Kokains, sehr gut versteckt im Keller. Das reicht für einen Haftbefehl. Ich treffe mich heute Morgen noch mit der Staatsanwältin.

– Kommt Roberto auch?

– Klaro, das lässt er sich nicht entgehen. Also, wir sehen uns gegen drei Uhr in San Carlos. Wenn noch etwas sein sollte, rufen wir uns an.

Paul ist schon kurz nach ein Uhr auf dem Parkplatz von San Carlos; er schaut sich im kleinen Dorf etwas um; ein Kleiderladen, eine Apotheke, ein Spar, mehr ist da nicht. Und die weiße Kirche San Carlos de Peraltas. Ein Gebet schadet nie, denkt er, und geht hinein. In der zweiten Reihe vor dem Altar der kleinen Kirche kniet eine Frau. Als er leise nähertritt, erkennt er, dass es Rosario ist. Sie ist sehr vertieft und bewegt einen Rosenkranz.

Paul schlägt das Kreuz, geht dann sofort wieder leise hinaus und wartet vor der Kirche. Es dauert gute zehn Minuten, bis Rosario herauskommt. Sie bekommt einen Schreck, als sie Paul Lincke sieht.

„Keine Sorge, ich folge Ihnen nicht", beruhigt er sie. „Ich treffe in der Bar Sabine, die Cousine von Pascal Rach. Sie kennen sie ja. Sie sind hier, um die Apartments zu reinigen, richtig? Da ist es kein Fehler, vorher zu beten."

Rosaria schaut immer noch ängstlich, und antwortet: „Ja, ich sollte um zwei Uhr zum Putzen dort sein."

„Alles gut, gehen Sie los. Ich muss auch ins Restaurant. Hasta luego."

Sie geht entlang der Straße, die fünfhundert Meter bis zu den Apartments, die gegenüber dem Hippie-Markt Las Dalias liegen, der samstags in voller Blüte auflebt. Die Parkplätze sind fast voll, die Leute kaufen den letzten Hippies alles ab, was sie in ihren Buden anbieten. Ibiza-Musik beschallt den Markt und ist bis in Anitas Bar zu hören. Dort, im hinteren Teil im Restaurant, wartet Sabine. Sie plaudert mit der Kellnerin, die ihr vertraut ist. Sabine hat es sogar im letzten Jahr geschafft, in Anitas Bar einen Postkasten zu ergattern. So erreichen sie nun auch Karten und Briefe, die einfach mit Sabine, Anitas Bar, Ibiza beschriftet sind. Sie hatte es aus Spaß einmal selbst ausprobiert. Die Karte aus Leipzig kam eine Woche später an. Nach der Begrüßung und Bestellung (dos tortillas españolas y agua sin gas) erzählt Sabine:

„Also, es gibt so etwas wie ein Testament, sagte mir der Anwalt. Pascal hat ihm letzten Herbst ein handschriftliches Papier zur Aufbewahrung gegeben, das dieser im Fall, es geschieht ihm etwas, mir und den Behörden geben soll. Darin steht wohl, dass ich die alleinige Erbin bin und alles abwickeln kann, was mit seinem Tod zu tun hat. Außerdem vermacht er dem Sohn seiner Putzfrau, Eduardo, 100 000 € abzüglich des Geldes, was er dessen Mutter bislang geliehen hat. Komisch. Aber für mich wird es jetzt kompliziert: Ich werde nun sicher von der spanischen Polizei verdächtigt, etwas mit dem Tod von Pascal zu tun zu haben. Aber ich war letzten Sonntag gar nicht in Talamanca. Und dann muss ich vorläufig wohl auf der Insel bleiben, um die Beerdigung und alles abzuwickeln. Merde.“

„Soviel ich weiß, sind Sie nicht verdächtig bei der spanischen Polizei. Aber etwas stimmt bei Ihrer Erzählung nicht: Sie waren letzten Sonntag doch hier auf der Insel", hilft Paul etwas nach.

„Das ist richtig", bestätigt Sabine, „ich war von Donnerstag bis Sonntag hier, wie alle drei Wochen etwa. Und habe mich am Samstag ziemlich lange am Nachmittag mit Pascal getroffen. Er wollte seinen Mofa-Verleih wieder aufnehmen und wir haben darüber gesprochen, wie wir das verbuchen."

„Mofa-Verleih?"

„Er hatte letzten Herbst so etwas wie einen Mofa-Verleih aufgemacht. Jedenfalls kamen über eine App Zahlungen auf ein Konto in der Schweiz an, immer 100, 200 oder 500 €. Von August bis Anfang November 23 etwa, würde ich sagen, achtzigtausend Euro. Ich habe das dann, wenn zehntausend zusammen waren, über eine Bank in Liechtenstein auf sein spanisches Konto bei der Banco Santander eingezahlt. Dort hat er es dann meist bar geholt. Und letztes Wochenende hat er mir gesagt, dass es jetzt wieder losgehen würde mit dem Verleih."

„Haben Sie den Zugriff auf alle seine Konten?"

„Auf alle natürlich nicht; aber die wichtigsten schon. Ich habe ja seine Buchhaltung gemacht. Wir haben jedes Jahr die Einnahmen bei der spanischen Steuer, etwa Provisionen von Hausverkäufen, angemeldet. Die Steuerbehörden hat Pascal mehr gefürchtet als die Polizei, scheint mir. Da hat er immer brav bezahlt, was die eingefordert haben."

„Und wie haben Sie dann die Einnahmen aus der App bezeichnet?"

„Was sie ja wohl waren, Einnahmen aus dem Verleih von Mofas. Die Firma war regulär angemeldet."

„Sehr gut, jetzt sagen Sie mir noch: Wieso können Sie den Mord letzten Sonntag nicht begangen haben, wenn Sie doch hier waren auf Ibiza?"

„Ganz einfach, ich war am Sonntag nicht mehr in Talamanca, sondern habe bei Anita mit einer Freundin – Sie können sie befragen – hier um zehn Uhr gefrühstückt und bin dann um zwölf Uhr mit einem Taxi zum Flughafen gefahren, wo ich um halb zwei nach Frankfurt und dann nach Leipzig geflogen bin. Da habe ich die Quittung noch vom Taxifahrer, kann ich nämlich von der Steuer absetzen. Ist also alles belegbar. Wissen Sie, ich bin Buchhalterin."

Nach dem Essen bei Anita bittet Paul Sabine mitzukommen, damit die Sache Pascal Rach geklärt werden kann. Auf dem Parkplatz vor den Apartments gegenüber von las Dalias, die nur wenige Meter von dem verfallenen Haus, das Pascal Rach gehört hat und in dem das Koks in kleine Portionen verpackt wurde und werden sollte und in dem wohl jetzt auch die Kolumbianerin Charlotte sich versteckt hielt, parkt er seinen Seat. Auf dem Parkplatz stehen acht andere unauffällige Autos, in denen ebenso unauffällige Beamtinnen und zwei Beamte der Nationalpolizei und der Guardia Civil sitzen. Roberto und José stehen etwas abseits, mit Blick auf Las Dalias. Paul bittet Sabine, im Auto zu warten. Er käme bald zurück und dann würde alles klar werden.

„Wie sieht es aus?", fragt Paul, als er sich zu Rob und José gesellt. „Habt ihr Charlotte schon gesehen?" Die beiden zeigen auf den Hippie Markt gegenüber: „Sie ist vor einer halben Stunde auf den Markt gegangen; wohl um Wasser zu kaufen und etwas zum Essen zu holen. Unsere Leute sind auch gerade erst gekommen; sie hat also, hoffen wir, nichts bemerkt. Wenn sie zurückkommt, wollen wir zuschlagen."

Paul nickt. „Habt ihr Rosario gesehen? Habt ihr sie im Blick?"

„Zwei Kolleginnen sind im Apartment als AirBnB-Gäste. Sie lassen sich von Rosario ihr Zimmer herrichten. Samstags werden hier immer die Zimmer ausgetauscht zwischen den Touristen, und Rosario wickelt das wohl seit Jahren ab. Übrigens, die Apartments gehören über eine Firma in Liechtenstein wohl auch Pascal Rach. Du hast doch seine Buchhalterin dabei, können wir sie gleich mal fragen. Oh schau..."

José winkt seinen Kolleginnen in den Autos, dass die Verdächtige kommt. Vier junge, sehr körperliche Polizistinnen der Nationalpolizei steigen aus, um Charlotte in Empfang zu nehmen, die sich anschickt, über die Straße zu ihrem Unterschlupf zu gehen. Als sie den Zufahrtsweg zum Haus hinaufläuft, kommen ihr die Polizistinnen entgegen.

Charlotte hat sich völlig verändert. Andere Haarfarbe, mit Rouge geschminkt, Hippie-Klamotten, Jeans; Paul Lincke hätte sie nicht erkannt. Die KI-Gesichtserkennung hat heimlich gemachte Fotos der Überwacher überprüft und sie eindeutig als die Gesuchte identifiziert.

Charlotte sieht die vier Frauen auf sich zukommen, dreht sich um und rennt zurück über die Straße in den Markt Las Dalias. Die Polizistinnen hinterher. Nun machen José, dann auch Paul den ‚Fehler', auch hinter Charlotte herzulaufen. Das mögen nun die Marktbesucher gar nicht: Männer jagen hinter einer Frau her, das geht nicht mehr. Viele Marktbesucher und Verkäufer stellen sich Paul und José in den Weg, so dass sie den Kontakt verlieren. Zum Glück haben die Polizistinnen die Verdächtige in einen größeren Stand mit Töpferwaren gedrängt, wo Charlotte mehrere der Töpferarbeiten umwirft. Das findet nun auch die Betreiberin nicht mehr lustig und geht ebenfalls auf Charlotte zu. Sie ist eingekreist. Plötzlich zieht sie eine Pistole, hebt die Hand und fordert freien Durchgang, oder... Wie in einem Standbild steht die Szene plötzlich still. Charlotte bewegt sich langsam aus dem mit Tüchern abgegrenzten Marktstand. Paul hat sich von hinten in den Stand geschlichen und springt beherzt auf sie zu. Dabei verliert sie ihre Pistole und fällt vornüber. Paul landet seitlich auf ihr.

Das verwirrt nun wieder die anderen Unbeteiligten. Mann auf Frau, der sie festhält. Großes Gemurmel, „Lass sie los!" und „Was soll das hier auf unserem friedlichen Markt?".

Paul erkennt, dass er sich so nicht beliebt macht und sagt den Polizistinnen, sie sollen bitte Charlotte festnehmen. Er steht dann auf, geht zur Pistole von Charlotte und hebt sie auf. „Policia, Policia", murmelt Paul und die inzwischen herbeigeeilten anderen Kolleginnen versuchen, den Marktleuten zu erklären, dass es sich um eine Polizeiaktion handelt wegen eines Gewaltverbrechens.

Die Meute der Marktteilnehmer ist nicht überzeugt; aber immerhin greift keiner ein, als die Polizistinnen Charlotte bestimmt über die Straße führen.

Wer alles sieht, kann auch blind werden.

21.
Samstag, 14.30 Uhr – Patio des Drogenhauses

Im Patio des Drogenhauses lassen José und Paul Lincke die drei verdächtigen Frauen zusammenführen. Sabine, die Buchhalterin von Pascal Rach. Charlotte, die vermutliche Teilhaberin des Drogengeschäfts. Rosario, die Putzfrau und Concierge von Pascal Rach.

Paul beginnt das Gespräch.

„Wir sind hier zusammengekommen, um den Mord an Pascal Rach aufzuklären. Sie drei sind unsere Hauptverdächtigen. Ich möchte offen sagen, warum Sie verdächtig sind. Charlotte“, wendet er sich an die Kolumbianerin, „Sie haben sich schon dadurch verdächtig gemacht, dass Sie sich unserem Zugriff entziehen wollten. Denn eigentlich haben wir wenig Beweise gegen Sie in der Hand: Sie konnten ja nicht wissen, dass wir inzwischen in Ihrer angemieteten Villa 20 Kilogramm Kokain, wirklich gut versteckt, gefunden haben. Sie wollten zusammen mit Rach dieses Jahr groß ins Kokaingeschäft einsteigen. Die Idee, das Koks über eine App zu vertreiben und durch einen Mofa-Verleih zuliefern zu lassen, hat Ihnen wohl gut gefallen. Denn es wurden nicht, liebe Sabine, über den Verleih von Mofas die Geldbeträge von 100, 200 und 500 € erwirtschaftet, sondern durch den Verkauf von Kokain. Alles ohne Bargeld, ohne Namen, ganz unauffällig und sauber. Im Testbetrieb letztes Jahr hat Rach das Koks noch von den Rockern bezogen; jetzt wollte er aber mit denen nichts mehr zu tun haben und ist direkter an die Quelle herangetreten. Das dürfte seine jungen Kollegen aus England und Frankreich das Leben gekostet haben. Aber das wissen wir noch nicht und das werden die spanischen Kollegen klären. Mich interessiert: Wer hat Pascal Rach umgebracht? Von den Fähigkeiten her, einen solch präzisen Mord mit einer Stichwaffe zu begehen, kommt eigentlich auf den ersten Blick nur Charlotte in Frage. Sie ist dafür ausgebildet und hat sicherlich schon machen Kampf gefochten. Aber wenn ich genauer darüber nachdenke: Was wäre ihr Motiv? Warum sollte man seinen Goldesel ermorden, selbst wenn er manchmal ziemlich nervig war? Nein, Charlotte ist nicht unsere Mörderin. Sie wird sich aber für den Handel mit Kokain und für die 20 kg, die in ihrer Villa gefunden wurden, verantworten müssen. Das wird hier nicht so hoch bewertet. Sie werden also bald wieder Ihre Heimat sehen."

Paul wendet sich direkt an Charlotte: „Ausgewiesen aus Europa werden Sie auf jeden Fall."

Diese scheint über den Vortrag fast erleichtert, musste sie doch befürchten, mit dem Mord in Verbindung gebracht zu werden.

„Nun kommen wir zu Sabine aus Leipzig. Sie arbeitet seit Jahren für Pascal Rach, auch schon, als er in Deutschland betrügerische Dinge tat. Sie ist seine rechte Hand und seine Buchhalterin, hält ihm gegenüber den Finanzbehörden den Rücken frei. Da wäre mancher froh, wenn er eine solche Sabine hätte. Und doch hat sie dadurch das finale Motiv für den Mord: Sie erbt nämlich alles. Das hat Rach erst letzten Herbst so bestimmt, wie Sie mir selbst vorhin sagten. Also, Sabine, immer nur das zweite Rad hinter dem geschäftigen Pascal zu sein: Das kann schon nerven. Und Ihre eigentliche Welt ist hier bei den Yoga- und Hippie-Menschen auf der Insel. Jetzt haben Sie auf einen Schlag neben dem gemieteten Apartment von Rach seine großartige Wohnung, die Anlage hier, und den Zugang zu allen Konten, die sowieso nur Sie kennen. Das könnte so manchen verführen. Sabine, Sie haben zwar für den Mordsonntag ab etwa 10 Uhr ein Alibi. Aber davor... Sie haben keinen Schlüssel zu seiner Wohnung, aber wenn Sie morgens um acht bei Ihrem Cousin anrufen und vorgeben, Sie müssten etwas Wichtiges vor dem Rückflug mit ihm besprechen, dann würde er Sie sicherlich durch die Garage unbemerkt hineinlassen. Allerdings, Sabine... sie waren es nicht. Denn es gibt, leider, eine unschuldige Verdächtige, die, je länger, desto mehr, zur einzig möglichen Täterin wurde." Paul richtet sich direkt an die letzte der Damen. „Rosario Del Monte! Sie sind es gewesen! Sie haben behauptet, dass sie Rach am Sonntag tot aufgefunden haben, aber Pascal Rach war an diesem Sonntagmittag, als Sie ‚zum Putzen' gekommen sind, nicht tot. Als sie ihn antrafen, war das einzig tote an ihm seine Menschlichkeit. Er hat sich furchtbar behandelt, habe ich recht? Das hat mir der Besitzer der Nachbarwohnung berichtet. Und Sie haben in Ihrer Heimat Ecuador eine Ausbildung zur Krankenschwester gemacht, so dass Sie durchaus in der Lage sind, mit einem geeigneten Messer einen zielsicheren Stich, wie er in den Rücken von Rach erfolgt ist, auszuführen. Rosario, meine spanischen Kollegen müssen Sie leider verhaften."

Nun bricht Rosario in Tränen aus und beginnt zu schluchzen. „Er war ein solches Schwein“, ruft sie aus, „er hat mich wie eine Sklavin behandelt. Er hat mich abhängig gemacht, mir Geld für die Ausbildung meines Sohnes gegeben, aber sich alles unterschreiben lassen. Er ist ein grauenvoller Mensch....“ Bevor sie weitersprechen kann, stoppt eine von Josés Kolleginnen die Runde.

„Lassen Sie uns mit Rosario allein sprechen“, bittet sie.

„Charlotte, meine Kolleginnen fahren Sie in die Stadt und dort geht es zur Staatsanwältin. Geben Sie Ihre Sicht der Dinge zu Protokoll. Sabine, halten Sie sich zur Verfügung die nächste Woche; es wird einiges zu klären geben. Sie können jetzt aber erstmal nach Hause gehen.“

José, Rob und Paul gehen mit zwei weiblichen Nationalpolizistinnen ins Drogenhaus zum Verhör von Rosario.

„Rosario, jetzt erzählen Sie uns ganz ruhig, wie es zum Tod von Pascal Rach gekommen ist“, verlangt Paul.

Rosario erzählt, dass Pascal Rach sie immer stärker von sich abhängig machte. Sie habe sich letztes Jahr Geld von ihm geliehen für die Schulausbildung ihres 10-jährigen Sohns. Er habe ihr kontinuierlich immer mehr Arbeit aufgebürdet; als Putzfrau und Concierge in dem Apartmenthaus, und dann musste sie noch die Diskothek in der Stadt sauber machen, an der Pascal Rach beteiligt war. Aber vor allem habe er sie wie eine Leibeigene gehalten. Immer wieder weint sie, während sie erzählt. Sie habe schon längere Zeit im Kopf gehabt, Pascal Rach zu

Jetzt schreitet eine der Polizistinnen wieder ein; Silke, sie ist Kommissarin im Team von José und Polizeipsychologin.

„Stopp", sagt sie zu Rosario und ruft José und Roberto zu sich. Sie geht mit ihnen raus, klärt ab, dass sie die Befragung vornimmt.

Silke setzt sich neben Rosario und erklärt ihr, dass sie genau zuhören soll und bestätigen soll, wenn es so war, wie sie, Silke, es beschreibt.

„Pascal Rach hat mich von sich abhängig gemacht", wiederholt Rosario wie in Trance.

„Er hat Sie seit Jahren geschlagen und sexuell missbraucht, richtig?", nähert sich Silke behutsam an.

Rosario sackt in sich zusammen. Mühsam bringt sie hervor: „Er war ein Monster. Er hat Dinge mit mir gemacht, die ich niemandem erzählen werde; auch nicht vor Gericht. Und er hat mir immer, wenn ich zum Putzen gekommen bin und er da war, erstmal eine kräftige Ohrfeige gegeben. Dann musste ich, wenn es ihm genehm war, musste ich ..."

„Schon gut, Rosario", meint Silke. „Sagen Sie das bitte beim Gespräch mit der Staatsanwältin." Silke gönnt Rosario eine kurze Pause, bis ihr Schluchzen sich ein wenig gelegt hat. „Letzten Sonntag hat er Sie wieder zu sich einbestellt, oder?", fährt sie dann fort.

„Ja, wenn ihm etwas nicht gepasst hat, dann hat er sich bei mir Entspannung geholt, wie er es nannte. Mit Gewalt, schauen Sie." Rosario zieht ihre Bluse auf der rechten Schulterseite hinunter. Dort kommen deutliche Hämatome und Blutergüsse zum Vorschein. „Letzten Sonntag hat er wieder damit angefangen und mich runtergedrückt. Er begann sich auszuziehen und hat verlangt, dass ich ihm die Schultern und mehr massieren soll... Und wie er mich angesehen hat, wie ein Stück Vieh, das ihm einfach zur Verfügung steht. Da habe ich das Skalpell, das ich vorbereitet hatte, aus der Kommode genommen und gesagt, ich hole Massageöl....“

„Stopp“, schreitet Silke erneut ein. „Das Skalpell haben Sie nicht vorbereitet. Es lag immer in der Schublade, das ist ganz wichtig, wenn Sie Eduardo bald wiedersehen wollen“, flüstert sie zu Rosario. „Also, wiederholen Sie...“

„Dann habe ich das Massageöl aus der Kommode geholt und da lag auch ein Skalpell. Ich habe es mir gegriffen in meiner Angst. Ich konnte einfach nicht mehr. Er hat schon wieder geschrien. ‚Komm endlich‘ brüllte er, und dann habe ich ihm...“ Rosarios Worte ersticken in einem erneuten Schluchzen.

„Aus Notwehr heraus“, fügt Silke ruhig hinzu. Das Weinen schüttelt Rosario krampfartig durch. „Si, Si, aus Notwehr, weil er mich wieder schlagen und vergewaltigen wollte.“

Silke versucht noch einmal intensiv, zu Rosario durchzudringen: „Wenn Sie nachher oder morgen mit der Staatsanwältin reden, ist es ganz wichtig, dass Sie nichts Falsches sagen, Rosario. Ganz klar, Sie wollten Pascal Rach nicht töten am letzten Sonntag. Er hat Sie erneut erniedrigt und angefallen. Zeigen Sie der Staatsanwältin Ihre Hämatome an der Schulter. Das Messer war zufällig in der Kommode. Es war Notwehr. Haben Sie das verstanden? Sie müssen diese Wahrheit sagen...“

Rosario schaut immer noch wie ein geschlagener, verängstigter kleiner Welpe. „Ich will meinen Eduardo wiedersehen. Ich werde alles sagen, was Sie gesagt haben“, bestätigt sie.

„No! No! Rosario, Sie sagen nicht, was ich gesagt habe, sondern was passiert ist. Sie sind gekommen, er hat Sie bedrängt und geschlagen, wie man an Ihren Blutergüssen sieht, Sie sollten ihn massieren und danach hätte er Sie wie sonst immer vergewaltigt. Da haben Sie das Messer in der Kommode gesehen und aus Verzweiflung und Notwehr zugestochen. Sagen Sie das gleich jetzt nochmals mit Ihren Worten…"

Rosario beginnt: „Senior Rach hat mich bedrängt…"

Die Realität ist anders als die Wirklichkeit.
Und es gibt wahre Wahrheiten und richtige Wahrheiten.

22.
Samstagabend – Treffen im Il Giardinetto in Marina Botafoch

Roberto und Paul treffen sich zum Abschied um zehn Uhr abends im Il Giardinetto an der Marina Botafoch, dem Hafen von Ibiza. Roberto hat angekündigt, seine neue Lebensgefährtin mitzubringen, mit der er jetzt seit einem Jahr zusammen ist. „Und du frag deine Bäckerin, ob sie Zeit hat. Die beiden Mädels kennen sich."

Roberto sitzt mit Silke schon da, als Susi und Paul Lincke auf den Parkplatz der Marina, direkt bei Il Giardinetto, einfahren. Das Glück bleibt Paul gewogen: Er findet sofort einen Parkplatz, was für Samstagabend einem Lottogewinn gleichkommt...

Susi hatte ihm erzählt, dass sie Robertos Lebensgefährtin kennt: Sie sei auch bei der Polizei als Psychologin und Kommissarin. So lernt er diese Frau, Silke, als Freundin seines Freundes Rob auch privat kennen, nachdem diese am Nachmittag das Leben von Rosario, und damit auch sein Leben, ein gutes Stück schöner und hoffnungsvoller gemacht hat. Es gibt eben Gerechtigkeit. Und das sind großartige Kollegen hier auf der Insel.

Rob erzählt ihm noch, dass die Inseloberen beschlossen haben, in den nächsten Monaten die Rockergang von der Insel zu vertreiben. Man ist sicher, dass deren Leute die beiden jungen

App-Entwickler getötet haben. Die beiden sind zumindest am Abend vorher im Pacha zusammen gewesen und vermutlich dort unter Drogen gesetzt worden. Durchaus freiwillig, aber mit anderen Stoffen, als ihnen von den Rockern versprochen wurde, die im Jahr zuvor ihre Lieferanten waren. Jetzt wollten sie zu den Kolumbianern wechseln; das mochte die Rockergang wohl nicht. Die Guardia Civil und auch die Leute von José sind überzeugt, dass die Rocker beim Tod des Briten und Franzosen nachgeholfen haben. Beweise gibt es wie immer noch keine.

„José und De Matutis haben eine Spezialeinheit vom Festland, dreißig Leute, angefordert. Die werden es den Rockern schwer machen und dafür Sorge tragen, dass sie ihre Geschäfte und Bordelle wieder aufgeben. Das passt nicht auf die Insel. Sie sind aus Hannover und dahin sollen sie wieder verschwinden. Und das wird vor der Hochsaison noch so sein. Komm im Juli, dann siehst du hier keine Rocker mehr. Aber das Café Aleman wird es noch geben", prophezeit Rob.

Die Frauen bestehen darauf, dass man jetzt nicht mehr über Rocker, Rach und Richter redet. Es wird ein entspannter, fröhlicher und neugieriger Abend im Il Giardinetto, und als Paul Rob aus Versehen mit dem Essigzerstäuber aufs Hemd spritzt, kriegen sich die vier fast nicht mehr ein vor Lachen. Alberne große Kinder, mit sehr viel Mut und Herz. Sie versprechen sich für nächstes Jahr zur gleichen Zeit, in gleicher Runde, am gleichen Platz.

Lachen! Ich will doch nur lachen!

23.
Pfingstsonntag, 19. Mai – Fest der Erleuchtung

Es ist eine gute Nacht für Susi und Paul. Ihre letzte, aber auch ihre zärtlichste.

Am Sonntagmorgen, das Café Aleman hat Ruhetag, sagt Susi, dass sie Paul beim Frühstück noch etwas zeigen möchte. Sie geht mit Paul in ein Kaffeehaus direkt neben der Apotheke und dem Parkplatz, auf dem Pauls Seat steht. Der Laden heißt „Croissant chic". Zahlreiche Tische draußen, gut besucht. Susi setzt sich an einen Tisch im Freien mit Blick auf die Theke und Bar.

Dort arbeitet ein etwa vierzigjähriger Mann, der immer wieder zu Susi schaut und freundlich und traurig winkt.

Paul ist irritiert. „Wer ist das?", fragt er. „Scheint dich ja gut zu kennen."

„Wir kennen uns natürlich, er ist der Besitzer, ein Kanadier, der die Croissanteria mit seiner Frau vor 10 Jahren aufgemacht hat. Fast wie ich damals. Er selbst ist fanatischer Taucher und großartiger Tauchlehrer. Das macht er hier auch noch und gibt Kurse. Im Moment muss er sich ganz um das Café kümmern, denn seine Frau ist vor einem halben Jahr gestorben. Das übliche Übel, das tolle Frauen treffen kann. Sie hat ein halbes Jahr dagegen gekämpft. Er ist am Boden zerstört. Die beiden haben sich sehr gerne gehabt."

Und dann: „Er weiß es noch nicht: Aber ich werde ihn in einem Jahr heiraten. Ich sehe, dass er mich mag. Aber es ist noch zu früh, um ihm zu zeigen, dass ich ihn auch sehr leiden kann. Das zeige ich ihm dann diesen Sommer. Wir haben uns schon zum Tauchen in der Cala Bonita verabredet im Juni. Da machen wir unsere Läden vor der wilden Hauptsaison eine Woche zu. Ich selbst will nicht länger allein auf der Insel leben. Und dich zieht es ja zurück in das triste Wiesbaden und in deine Welt. Was ich aber schon verstehe. Dauerhaft auf Ibiza wäre für dich wohl ein Gefängnis. Du siehst, du kannst ohne Gewissensbisse abreisen, für mich sorgt die Insel sehr gut. Aber ich danke dir, dass du mir eine so schöne Woche geschenkt hast. Und aus der Bekanntschaft mit Silke wird sich sicher auch eine gute Freundschaft entwickeln. Jetzt kannst du beruhigt gehen: Ich übernehme die Rechnung. Dein Auto steht ja gerade auf dem Parkplatz. Nur Abschiedsküsschen, bitte. Keine Liebesszene. Es waren wunderbare Tage und du hast deinen Job perfekt erfüllt."

Um 13 Uhr geht Pauls Flieger nach Köln, diesmal nicht mit dem BKA-Flugzeug, sondern ganz normal mit Eurowings. Aber immerhin Sitz 1 A.

Jedem Abschied wohnt ein Anfang inne.

24.
Pfingstmontag, 20. Mai – Wanderferien

Erika ist froh, dass Paul sie am Sonntagabend nicht mehr unbedingt sehen wollte. So konnte sie mit einer Kollegin, wie schon abgemacht, den großartigen italienischen Film „Morgen ist auch noch ein Tag“ – schöner auf Italienisch, „C'è ancora domani“ – anschauen.

Erika und Paul fahren Montag früh mit dem Q 6 nach Garmisch-Partenkirchen und auf der 5-stündigen Fahrt unterhalten sie sich ausdauernd über den Fall Pascal Rach und darüber, dass morgen auch noch ein Tag ist. Sie haben sich das Hotel Schloss Elmau bei Garmisch, luxuriös und abseits, ausgesucht. Bei der Abendwanderung vom Hotel aus gehen sie in die Altstadt von Garmisch. In der Fußgängerzone ist ein Buchladen, in dem gerade die erfolgreichsten Kinderbücher der letzten Jahrzehnte im Schaufenster prangen. Pauls Lieblings-Kinderbuch ist auch dabei.

OH WIE SCHÖN IST PANAMA.

Fin / Ende / Exit